COMÉDIE DES APPARENCES

DU MÊME AUTEUR

Aux Editions Gallimard

Un coupable, 1985
Joseph Caillaux, Folio/Histoire, 1985
L'Absence, 1986
La Tache, 1988
Un enfant sage, 1990
Discours de réception à l'Académie française, 1990

Chez d'autres éditeurs

La République de M. Pompidou, Fayard, 1974
Les Français au pouvoir, Grasset, 1977
Eclats (en collaboration avec Jack Lang), Simoën, 1978
Joseph Caillaux, Hachette, 1980
L'Affaire, Julliard, 1983
Sieyès, de Fallois, 1988
Battements de cœur, Fayard, 1991
Bernard Lazare, de Fallois, 1992
L'Affaire, Fayard/Julliard, 1993

JEAN-DENIS BREDIN
de l'Académie française

COMÉDIE DES APPARENCES

EDITIONS
ODILE JACOB

ISBN 2-7381-0264-6

15, RUE SOUFFLOT, 75005 PARIS

UN REPAS DE FAMILLE

Papa rentre dîner entre huit heures et demie et neuf heures, jamais plus tôt, jamais plus tard. Papa est cadre supérieur, très supérieur, dans une des meilleures banques d'affaires de la place. Il passe sa vie à travailler, il assume d'importantes responsabilités, mais il se presse pour rentrer car Maman veut qu'il soit présent pour dîner, au moins trois fois par semaine. Sa présence est nécessaire pour l'équilibre d'Alexandre, et mieux vaudrait ne pas avoir eu de fils que se révéler incapable de l'assumer. Maman est psychologue, psychologue dans un hôpital de banlieue, à mi-temps car on ne peut être psychologue à plein temps et s'occuper sérieusement de son enfant. Papa s'appelle Serge Lournier, Maman est née Judith Desforges. Ils se sont connus par hasard, sur une piste de Courchevel, Serge Lournier a heurté Judith Desforges, ils se sont rencontrés violemment, puis doucement, ils se sont retrouvés, ils ont vécu ensemble, ils ont fait Alexandre, et ils se sont mariés. Il travaille, elle travaille, ils sont devenus, moitié moitié, propriétaires de ce bel appartement, grand living, cuisine américaine, quatre chambres, deux salles de bains. Ils ont deux voitures, l'une blanche, l'autre bleue, mais sans parking, et un enfant fantastique, il s'agit d'Alexandre.

Alexandre, c'est Alexandre. On vient de lui fêter ses sept ans, sept paquets, petits et grands, ouverts dans l'ordre indiqué, sept bougies soufflées en trois fois, trois salves d'applaudissements, les grands-parents ravis, bouleversés, fatigués car il se faisait tard. Alexandre est très doué, mais difficile. Papa et Maman ont dû le retirer de l'école publique, ils en ont été consternés mais ils n'avaient pas le choix, Alexandre perdait son temps et il risquait d'être agressé, on déplorait hélas trop de violence, même dans les quartiers privilégiés. Maman finit par accepter, Alexandre fut inscrit dans un cours privé, très évolué, et tout se passa bien. Le petit resta comme il était, mauvais en écriture, bon en calcul. Il semblait épanoui, heureux d'aller en classe, d'en revenir, il parlait gentiment de ses maîtres et de ses camarades. Rentré à la maison il se remettait au travail. Alexandre aimait travailler et rire, simplement il était émotif, comme Maman, et peut-être comme Papa, mais Papa s'appliquait à cacher toute émotion. Très imaginatif Alexandre racontait des tas d'histoires. Vite il écrira des poèmes. Le papa Serge Lournier eût souhaité que vînt un second enfant, une fille adorable. Il avait cinq frères et sœurs et s'entendait fort bien avec eux. Mais la maman Judith Desforges était enfant unique, et elle voulait qu'Alexandre le fût aussi. Toute relation de frère à sœur lui paraissait compliquée. De toute manière elle serait contrainte, pour élever convenablement deux enfants, de renoncer à travailler. Elle deviendrait l'employée de son mari et ne le voulait pas. « On verra cela plus tard, disait-elle, quand

Alexandre sera grand. » Papa avait consenti, pour avoir la paix, il voulait toujours qu'on le laissât en paix, la paix et le travail étaient ses seuls soucis. De toute manière Judith et lui faisaient l'amour si peu, si mal, avec tant de précautions, que l'enfant n'était qu'un risque, une chance infime.

Ce jour-là, Papa ouvre la porte à vingt heures quarante-cinq précisément. Le dîner est prêt, toujours prêt dès vingt heures trente, le même dîner depuis des années, un potage aux légumes, favorable à la santé d'Alexandre, un plat principal, ce soir un poulet rôti, et au dessert, pour faire plaisir à Alexandre, un flan, ou une tarte, ou une crème renversée, tout ce qu'aime Alexandre, et qu'il aura, s'il est sage, toute sa vie.

Maman remarque que Papa a l'air préoccupé. Son travail le tourmente et c'est normal. Maman réussit, elle, à ne pas penser à ses patients, mais il est vrai qu'elle travaille à mi-temps. La table est petite, joliment mise. Alexandre est assis à côté de sa mère, elle peut lui prendre la main, lui caresser le visage, sans distance à franchir. Alexandre est en pyjama bleu. Dans trois quarts d'heure il sera couché, mais le dîner entre Papa et Maman est essentiel à son épanouissement. Papa a posé ses journaux dans sa chambre, puis il est passé dans sa salle de bains. Il est venu, il a embrassé Alexandre sur le front et Maman sur chacune des deux joues. Il s'est assis à sa place. Le potage est posé au milieu de la table, c'est Papa qui accomplit le premier geste, il sert d'abord Maman, qui lui dit merci, il sert Alexandre, puis il se sert. Le dîner est commencé.

Il parle à Alexandre : « Tu ne m'as pas dit merci. » Alexandre ne répond pas et avale une pleine cuillère de son potage.

« C'est tout ce que tu as à lui dire ? » observe Maman. Alexandre a les yeux dans son assiette, Maman voit qu'il a l'air fatigué comme son père, comme son père il travaille trop, elle sourit à son fils, puis au père de son fils, elle voudrait que le dîner se passât bien, et qu'il fût profitable à Alexandre.

On ne peut finir le potage sans qu'Alexandre se soit exprimé. L'erreur de Papa est qu'il se contenterait d'un dîner sans un mot, juste manger, boire, échanger des sourires, aller vite se coucher. Or le dîner est fait pour Alexandre et le potage est presque fini, c'est-à-dire le tiers du repas, sans un échange. Maman prend la main d'Alexandre, elle se penche sur lui : « Tu as montré tes notes à ton papa ? » Elle sait bien que non, mais le dialogue est ainsi noué. Alexandre va dans sa chambre, il ne revient pas. Maman entend le bruit d'un train mécanique, elle ne veut surtout pas que Papa entende ce bruit, en fasse un drame. Alors elle se met à parler, à voix forte, du temps qu'il fait, des encombrements de voitures, et d'un malade insupportable, prêt au procès comme tous les malades aujourd'hui. Papa ne semble pas l'écouter, il finit son potage, il reprend du vin, il crie soudain : « Tu amènes tes notes, Alexandre ? Alexandre, tu m'entends ? Tu amènes tes notes ? »

Alexandre apporte ses notes. Il les tend à Papa. Il reste debout selon l'usage. Maman profite de cette accalmie pour changer les assiettes et sortir le poulet du four. Elle est soucieuse car elle sait que les notes d'aujourd'hui ne sont pas bonnes, autour de la moyenne. Ce n'est pas du tout ce que Papa attend d'Alexandre, ce n'est pas pour des notes pareilles que Papa travaille du matin au soir, qu'il s'épuise et dort mal. Elle sait aussi que Papa est obsédé par la crise de l'emploi.

Papa a pris Alexandre sur ses genoux. Ils regardent ensemble les deux notes qu'Alexandre sait par cœur. Papa fronce les sourcils, 5/10 en dictée c'est regrettable, mais 6/10 en calcul cela le fait souffrir. Il prend Alexandre par les épaules, il le soulève, il le plante debout, à côté de lui, et il lui dit, d'une voix grave, solennelle :

« Alexandre, tu travailles mal. Alexandre, je suis fâché contre toi. »

Alexandre aussi est fâché. Il s'éloigne, d'abord lentement comme à regret, puis il étale ses mains sur ses yeux, puis il pleure, puis il se met à courir en sanglotant, il va dans sa chambre, il referme sa porte, il crie ses pleurs.

Judith est maintenant assise, face à Serge, le poulet rôti entre eux. Elle se sert, il se sert, ils se taisent, ils n'ont rien à dire. Elle comprend qu'ils auraient mieux fait de ne pas avoir d'enfant. Serge est incapable de s'occuper d'un enfant, d'aimer vraiment un enfant, Serge ne pense qu'à son boulot, il n'est qu'un cadre supérieur, supérieur et minable, il vit pour son entreprise, il ne vit pas pour son fils, son fils il s'en moque. Serge découpe le poulet rôti, encore un poulet rôti, le troisième en dix jours, et l'enfant dans sa chambre, et le même silence lourd. Judith se distrait à l'hôpital, elle se distrait dans sa cuisine, elle se distrait partout, elle n'a aucune idée de ce que peut être le travail, le vrai travail, les responsabilités assumées, la charge d'une entreprise, Judith ne pense qu'à elle. Quand elle s'occupe d'Alexandre elle continue de ne penser qu'à elle, elle rêve qu'il lui ressemble, ou qu'il ressemble à ses rêves, Judith est ainsi faite, elle ne sait pas aimer. Serge cherche quelque chose à lui dire, car c'est toujours lui qui doit rompre le silence, toujours lui qui fait le premier pas, ce silence Judith le supporterait des heures, elle pense à autre chose, elle ne pense qu'à elle, il lui dit :

« Va chercher Alexandre. »

Il a dit cela sur un ton doucement autoritaire, un ton de commandement et d'affection qui oblige Judith sans la contraindre. Elle s'est levée. Elle est entrée dans la chambre d'Alexandre. Papa a entendu des baisers, des larmes consolées, il a deviné des mots tendres, « reviens », « reviens mon amour », « reviens pour me faire plaisir... ton papa est fatigué ». Alexandre consent à revenir, Maman le tire tendrement par la main. Papa juge cette scène navrante, on est en train d'en faire un capricieux, un mauvais caractère, ce ne sont pas du tout les chemins du bonheur, ni de la vie en société. Mais Papa est vraiment fatigué, et il veut maintenant être tranquille, il ne parlera plus des notes, ni de rien, il n'a plus qu'une idée, c'est que le repas se finisse. Tout à l'heure, Alexandre dormira. Papa et Maman regarderont la télévision, un quart d'heure pour feindre d'être ensemble, puis Papa bâillera plusieurs fois, ils iront se coucher, chacun dans sa chambre. Papa se demande ce qu'il devrait faire, avoir un second enfant, changer de ville ou de boulot, prendre une maîtresse qui lui rendrait Judith plus agréable. Il regarde sa femme, il l'aime bien sûr. Il s'en veut de ne pas assez l'aimer.

Cela recommence tous les soirs ou presque. Judith le place dans le rôle du père impitoyable, borné, elle s'installe dans le rôle de la mère intelligente et sensible, qui comprend tout du fils de sa maman, et rien du papa de son fils. Serge dit, à mi-voix pour qu'elle entende ou plutôt qu'elle n'entende pas : « J'en ai marre », il ne sait pas de quoi il a marre, de sa femme, de son fils, de ce poulet rôti, de la vie qui n'est qu'une succession d'efforts, il a soudain envie de se distraire. Alors il se lève, il va à la salle de bains, il fait couler son bain très fort, pour que tous deux l'entendent, pour leur signifier qu'il fait ce qu'il veut, et qu'il est en droit de prendre son bain quand cela lui plaît. Quand il revient, apaisé, il découvre qu'Alexandre a repris sa place à table. Maman a changé les assiettes, apporté la crème caramel. Elle entend le bruit de la baignoire qui se remplit, elle voudrait que le repas se termine bien, qu'Alexandre et son papa se retrouvent. Alexandre ressemble trop à son père, ou au père de son père, aux hommes en général, qui travaillent trop et comprennent si mal les autres.

Elle interroge :

« Tu prends ton bain ? »

Serge aussi voudrait que la suite fût aimable. Il concède :

« Je ne le prendrai qu'après dîner.

– Pourquoi le fais-tu couler maintenant ?

– Parce que c'est comme ça. »

Ces mots-là, Judith ne les supporte pas. Ces mots évoquent pour elle le mâle imbécile et dominateur, tout ce qu'Alexandre ne doit pas devenir. Alexandre se bourre maintenant de crème caramel. Papa l'observe. Maman voit que Papa va intervenir, elle veut prévenir le conflit, le conflit est bon de temps à autre, mais voici que depuis quelques jours il devient permanent, on dirait que Serge a pris son fils en grippe, ou qu'il a une maîtresse, ou qu'il est malade, ou qu'il vieillit, elle cherche une issue favorable à ce dîner manqué :

« Prends ton bain avec Alexandre. Tu lui feras plaisir. »

Alexandre paraît n'avoir rien entendu. Serge est désorienté. Il dit à Judith :

« Tu ne l'as pas pris avec lui tout à l'heure ? »

Judith insiste, presque câlinement :

« Bien sûr ! Mais cela ne fait rien. Il peut prendre deux bains de suite. C'est important pour lui qu'il te connaisse...

– Il me connaît, interrompt Serge.

– Il faut qu'il te connaisse tout entier, précise-t-elle.

– Mais il est fait comme moi », objecte le papa.

La maman argumente :

« C'est pas du tout pareil. »

Papa et Maman ont le nez dans leur crème caramel, Maman ressert Alexandre pour qu'il se taise. Elle imagine son mari, nu, s'agitant dans une baignoire, il la dégoûte un peu, mais tous les hommes sont dégoûtants, il prend Alexandre dans ses bras, il le pose entre ses cuisses, il le serre contre lui, elle se détourne. Serge se demande ce qu'elle souhaite ce soir, le provoquer, le ridiculiser, ou gâcher ce repas pour qu'il ne rentre plus, désormais, qu'après dîner.

« Tu veux en faire un pédé ? » demande-t-il à Judith sur un ton presque méchant.

Elle répond sèchement : « Avec toi on ne risque rien... » Elle ne sait pas précisément ce qu'elle veut dire, que Serge n'aime que les femmes, ou qu'il les aime trop, ou que son sexe ou rien c'est pareil. Elle n'en peut plus de ce dîner, la vérité c'est qu'ils n'ont rien à faire ensemble, qu'ils eussent dû ne pas se rencontrer. Elle mesure le drame de ce dîner raté pour leur fils tant aimé, qui comprend tout et retient tout, ce dîner risque de l'avoir marqué pour toujours. Elle regarde Alexandre. Il a maintenant les doigts couverts de crème caramel, et les yeux, il en a mis partout, il a sommeil, Serge peut être fier, il a abîmé son fils, il l'a rendu malheureux.

« Je peux regarder la télé ? » interrompt Alexandre. Il est debout devant Maman assise, il lui a pris la main, il a l'air suppliant.

– Il est trop tard, lui répond-elle, en l'embrassant. Tu la verras demain. Maintenant, va te coucher. »

Serge se tait. C'est plutôt une victoire, ce refus de la télé, en tout cas une concession de Judith. Mais Papa voudrait bien plaire à son fils, avant qu'il ne s'endorme, il vit pour son fils, c'est pour son fils qu'il s'épuise, c'est pour son fils qu'il est ici ce soir. Il veut que son fils l'aime.

« Tu ne crois pas qu'il pourrait regarder la télé cinq minutes ? »

Alexandre sourit à Papa. Maman le voit sourire, mais c'est Maman et non Papa qui porte Alexandre, c'est elle qui le conduit en classe, qui veille sur ses cahiers, qui le soigne quand il est enrhumé. C'est Maman qui lui apprend intelligemment la vie, c'est pour lui qu'elle travaille à mi-temps, elle ne doit pas céder, la sèche démagogie appartient au papa, la sévérité tendre à la maman. Elle prend son fils dans ses bras.

« Il est trop tard », lui dit-elle, l'embrassant sans cesse pour l'empêcher de répondre.

Alexandre répond quand même : « Alors, je veux dormir avec toi. »

Elle consent : « Si tu veux. Mais tu te couches tout de suite. »

Elle le porte dans sa chambre à elle, dans son lit. Elle se met à genoux, elle le borde, elle l'embrasse, elle murmure qu'elle va le rejoindre très vite, mais qu'il doit s'endormir sans l'attendre, il promet, elle laisse la porte entrouverte. Elle est presque heureuse, tout semble s'arranger. Elle retourne s'asseoir face à Serge, qui remarque :

« Il s'est couché sans m'embrasser... »

Elle a cru qu'Alexandre avait embrassé son père. Il le fait à peu près toujours, mécaniquement. Elle voudrait apaiser Serge, elle lui sourit, « il est si fatigué, répond-elle, il t'embrassera deux fois demain ». Elle ajoute un mensonge : « Moi non plus, il ne m'a pas embrassée. » Serge ne la croit pas, elle lui offre un café, il refuse. Ils restent ainsi à se taire, ensemble et séparés.

Le silence devient peu à peu si pesant qu'elle reprend de la crème caramel et qu'il se sert un grand verre d'eau. C'est lui qui attaque :

« Tu le mets dans ton lit pour que je n'y vienne pas... »

Elle le regarda, effarée. De cela ils ne parlaient jamais. Leurs lits séparés, leurs amours rares, le plaisir pris ou non, donné pour faire plaisir, ou pour faire semblant, tout cela n'était que silence depuis ce soir d'été où il lui avait expliqué, dans un hôtel de Provence, à la lumière de la lune, que tout avait un temps et que son accouchement avait hélas changé quelque chose. Ce que Serge venait de lui dire là lui semblait une médiocre agression :

« Mon lit ? dit-elle d'une voix furieuse, Alexandre ne risque pas de t'y déranger... Tu n'y mets pas les pieds...

– Je veux bien y mettre les pieds... répondit-il, rien que les pieds. »

Ils se regardèrent les yeux dans les yeux, furieux, elle se leva, elle hurla :

« Tu es un salaud... tu es pire qu'un salaud...

– Et toi... » Il n'acheva pas, il lui lança à la tête son verre d'eau. Elle ruisselait, l'eau coulait sur son corsage, trempant ses seins. Elle tâchait de s'essuyer avec sa serviette, elle cria : « Voyou... », il aurait voulu s'excuser, mais il ne le pouvait pas. « C'est ta faute », lui dit-il.

Alexandre parut soudain, il se frottait les yeux, il ne pouvait pas dormir, trop de bruit, il les regardait l'un après l'autre, il était debout, figé, et eux ils étaient grotesques, comme des animaux de basse-cour, trempée la poule, gonflé le coq. Alexandre se taisait, il ne demandait rien. Il ne bougeait pas.

Maman alla vers lui, elle le prit par la main. « Viens te coucher avec moi », lui dit-elle. Elle tendit la main à Papa. « Viens donc te coucher avec nous. » Papa ne répondit pas, il vint, ils se mirent nus, ensemble, avec des gestes maladroits. Alexandre les regardait, à moitié endormi. Ils se couchèrent tous trois, lui entre eux, elle éteignit la lumière, « Alexandre, mon chéri, dors bien », « Serge, dors bien », Serge répondit : « Dormez bien tous les deux », Alexandre ne dit rien, peut-être rêvait-il déjà. Il avait la tête appuyée sur les seins de sa maman, son derrière frôlait le ventre de son papa. Papa et Maman peuvent dormir. Dormez tranquille, Alexandre veille, c'est son destin, il veille sur vous. Il vous portera, toute sa vie, quoi qu'il arrive, vous, ses pauvres enfants.

VEUVE

Hélène est veuve, veuve à quarante ans. Alphonse est mort bêtement, dans la rue, d'un arrêt cardiaque, il avait vécu bêtement, il avait tout fait bêtement. Député à vingt-cinq ans, ministre à trente, Premier ministre à trente-six ans, trois mois durant, le meilleur et le plus bref des Premiers ministres. Cette carrière avait satisfait la vanité d'Alphonse, mais elle ne changeait rien à la triste réalité, Alphonse avait été détestable en tout, mauvais amant les premières années, mauvais mari ensuite, allant de femme en femme, de mensonge en mensonge, seulement occupé de plaire, de plaire à ses maîtresses, de plaire à l'opinion publique, de plaire aux abrutis qui le regardaient à la télévision. Il avait laissé tomber sa femme, comme un paquet trop encombrant, ne s'appliquant qu'à préserver les apparences, il faisait semblant d'être son mari, semblant de l'aimer un peu, comme il convient d'aimer sa femme. Hélène dînait en ville, elle était parfois invitée en voyage officiel, elle était conviée aux cérémonies et aux spectacles auxquels son mari ne pouvait pas emmener quelqu'un d'autre. Ils faisaient chambre à part, repas à part, vie à part. Quand Alphonse s'énervait, il devenait odieux, un vrai mufle. Pourtant Hélène était belle, élégante, discrète, elle n'aurait demandé qu'à l'accompagner partout, à être vraiment sa femme, à tenir dignement la maison, à recevoir qui il devait recevoir. Hélène ne travaillait pas, elle n'avait pas d'enfant parce qu'Alphonse ne voulait pas d'enfant, elle voyait quelques amies, elle jouait au bridge, elle s'ennuyait. Le matin elle humait sur le costume d'Alphonse d'épouvantables parfums. Elle ne comprenait pas que les Français aient pu le prendre pour un Premier ministre, Alphonse était médiocre, vaniteux, lâche par surcroît, incapable de garder une opinion plus que le temps nécessaire, incapable de déplaire, sauf à sa femme. Et voici qu'Hélène était veuve, veuve de ce faux mari, plutôt contente de l'être. Elle voyait bien venir quelques soucis matériels mais elle s'en arrangerait, elle était courageuse, et capable de se débrouiller, ses frères l'aideraient. Elle n'attendrait plus, chaque soir, cet insupportable coup de téléphone d'Alphonse, ce message d'affection polie, toujours les mêmes mots, les mêmes mensonges, pour se garder bonne conscience. Elle ne l'entendrait plus rentrer à n'importe quelle heure de la nuit, claquer la porte, aller boire, se promener dans l'appartement comme si sa femme était morte, chantonner même car il aimait chantonner. Elle ne recevrait plus ses odieuses cartes postales, mises à la boîte par une secrétaire, « Je pense à toi », « Je t'embrasse », plus de cartes postales, plus rien. Elle était veuve.

L'enterrement se passa bien. Hélène fut étonnée des regrets que laissait Alphonse. A l'église ils furent plusieurs centaines, et elle en vit, dans les premiers rangs, beaucoup qui pleuraient. Quand on fit le tour du cercueil, plusieurs la prirent dans leurs bras pour la soutenir. Le Premier ministre l'embrassa quatre fois, les yeux mouillés de larmes. Dehors, devant l'église, il prit la parole. Il raconta la vie d'Alphonse, le meilleur, le plus bref des Premiers ministres, un homme d'Etat courageux, indépendant, un homme qui laisserait certainement un souvenir dans l'histoire, et par surcroît un homme de cœur, un merveilleux ami, un mari admirable. Hélène se tenait la tête inclinée, elle avait acheté, la veille, un immense manteau noir qui venait jusqu'à ses pieds, et un grand chapeau, noir aussi, en forme de capeline, qui lui cachait le visage. Elle releva la tête, il fallait sans doute qu'on la vît pleurer, elle pleura, juste ce qui convenait, car beaucoup savaient ce qu'avait été sa vie avec Alphonse, leur vie ratée, mais il y avait de quoi pleurer, la cérémonie était belle, tous les ministres étaient là, et les ambassadeurs, et la foule, Alphonse déplaçait plus de monde qu'elle ne l'aurait cru. Au cimetière ils ne furent qu'une vingtaine, quelques lointains parents, quelques ministres amis d'Alphonse car tous ses amis étaient ministres, elle vit descendre Alphonse dans sa boîte, dans son trou, il allait retrouver son père, sa mère, Hélène ne les avait pas connus, ils étaient morts tous les deux quand Alphonse était encore étudiant. Alphonse descendait lentement, un peu de soleil éclairait les tombes et les cyprès autour. Hélène joignit les mains, elle fit semblant de prier quand le prêtre pria, elle crut voir que tous la regardaient, alors elle remua les lèvres pour prier plus intensément. Elle marmonna : « Alphonse » à voix très basse. Le représentant des pompes funèbres s'approcha d'elle, il lui confia d'une voix rassurante qu'il restait deux places dans la tombe, elle le remercia. Un cousin d'Alphonse la prit par le bras, il la soutint, il la ramena chez eux, chez elle, elle sourit tristement et se laissa conduire.

Hélène ferma à clef la chambre d'Alphonse. Elle ne voulait plus y entrer. D'ailleurs elle n'y entrait jamais, mais elle ne voulut pas que cette chambre servît à un autre usage. Si des amis d'Alphonse venaient chez elle, ils sauraient avec quelle délicatesse elle respectait son souvenir et sa chambre. Qu'Alphonse n'eût pas mérité tant d'égards, c'était son affaire à elle. Elle hésita à garder les vêtements du défunt, se demandant où était son devoir. Elle se décida à les offrir aux Sœurs de la charité. La veuve d'Alphonse tint à venir elle-même leur porter trois lourdes valises. Elle fut longuement remerciée. On prierait pour elle et pour son défunt mari.

Rien n'était changé dans la vie d'Hélène. Elle était seulement privée de quelques dîners, et des rares spectacles auxquels Alphonse l'emmenait. Mais elle cessa de penser à tous les autres, à ceux dont il ne lui parlait pas, à ceux où l'accompagnaient ses maîtresses, à ceux auxquels il prétendait aller et n'allait pas. Elle cessa de l'imaginer dans des restaurants italiens, les yeux dans les yeux d'une demi-mondaine, avançant le bras et la jambe pour tâcher de le caresser. Elle cessa de le voir dans le lit d'un palace, à New York, n'importe où, dormant à côté d'une belle idiote. Sa vie trouva une douceur nouvelle, déserte. Alphonse n'était plus là, d'aucune manière, il ne partait plus, il ne rentrait plus, il était absent pour de bon. Quand elle retrouvait, soudain, une de ces images d'Alphonse qui lui déplaisaient tant, elle la chassait, et elle regardait le défunt dans sa tombe, dans son cercueil. Alphonse dormait, tranquillement, les yeux fermés. Elle s'endormait à son tour. Elle était presque heureuse.

Alphonse revint, d'une toute autre manière. Hélène eut d'abord à régler sa succession. Il n'avait laissé aucun testament, rien qu'un petit patrimoine, quelques valeurs mobilières, ses meubles et ses livres. Elle eût aimé les mots d'un testament agréable laissant à sa veuve le très peu qu'il avait, elle ouvrit tous les tiroirs, à la recherche d'une lettre affectueuse qui évoquerait quelques souvenirs et demanderait pardon. Elle ne trouva rien, mais elle ne s'étonna guère, Alphonse n'avait pas prévu sa mort, il était insouciant, léger, trop égoïste, et il savait que sa femme était riche. Du moins n'avait-il rien laissé à d'autres qu'elle. Hélène décida d'offrir la bibliothèque, une belle bibliothèque, assemblant des tas de livres dédicacés, au Département dont Alphonse avait été le député. Elle fut invitée à dîner par le Préfet, un grand dîner, à la fin du repas le Préfet remercia la veuve du grand homme trop tôt disparu, cette veuve admirable qu'Alphonse avait tant aimée. Plusieurs notables furent au bord des larmes. Hélène revint à la maison, très émue. Elle ouvrit la porte de la chambre d'Alphonse. Elle resta là, plantée, un long moment. Puis elle alla se coucher.

Bientôt les invitations se multiplièrent. La veuve d'Alphonse était conviée, là où il eût été convié si la mort ne l'avait pas arraché à ses amis. Soirées réservées à quelques privilégiés, visites privées, inaugurations, cérémonies officielles, Hélène fut surprise d'être tant priée, mais il était possible que le souvenir d'Alphonse ne cessât de grandir. Les premiers temps Hélène hésita à venir. Elle se sentait un peu gênée dans cet emploi difficile, elle craignait de rencontrer d'autres femmes, des amies d'Alphonse, invitées elles aussi, et qui l'auraient dévisagée en se moquant. Mais elle vérifia vite qu'elle était reçue avec délicatesse, comme on eût reçu Alphonse. Elle serrait les mains, de mieux en mieux, elle souriait tristement, elle évoquait la mémoire de son mari avec ceux qui avaient eu la chance de le connaître, elle laissait durer les silences qui disaient l'émotion commune. Un an elle demeura habillée tout en noir, puis elle se fit faire des tenues sombres, austères, des tenues qui convenaient à la veuve d'Alphonse. Elle chercha dans les papiers qu'elle avait conservés tout ce qui pouvait la renseigner sur la vie publique de son mari, ses convictions, ses combats, elle voulait être capable d'en parler à son tour. Hélène se résolut à faire de la chambre d'Alphonse un petit bureau où elle pouvait travailler, travailler à le connaître, à le comprendre. Dans cette chambre il n'était pas loin d'elle. Cela, sans doute, servirait sa mission.

La veuve d'Alphonse fut si sollicitée qu'elle dut commencer à organiser sa vie. Elle voulait garder du temps pour voir ses amies, jouer au bridge, aller au cinéma, lire surtout les livres dont Alphonse aimait parler. Elle fut contrainte de décliner plusieurs invitations. Elle mit au point une lettre émue où elle disait comme elle était sensible à cette fidélité de tous au souvenir de son mari, comme elle était affligée de n'être pas disponible, mais elle le serait l'an prochain, elle viendrait, elle les remerciait au nom de son cher disparu.

Hélène apprit peu à peu ce qu'avait été Alphonse, non seulement cet homme intelligent, séduisant, qu'elle avait connu, mais aussi un grand homme d'Etat, compétent dans toutes les fonctions qu'il avait assumées, courageux au point qu'il avait une fois démissionné, quand il était ministre de l'Industrie, pour signifier un désaccord. Surtout elle admira l'implacable défenseur des Droits de l'Homme, le modèle, devenu si rare, de l'homme politique intègre et généreux. Elle trouva dans plusieurs articles de presse, autrefois écrits sur Alphonse, des phrases qu'elle apprit par cœur pour être sûre de bien parler de son mari. Elle en parlait bien, et elle consentit, dans de belles commémorations, à évoquer elle-même la mémoire de l'homme dont elle portait le souvenir. Elle vint même dans des colloques d'intellectuels. On l'admirait, assise au premier rang, on appréciait sa dignité tranquille, sa discrétion. Dès que l'on prononçait le nom d'Alphonse tous se levaient, ils applaudissaient, parfois même ils respectaient une minute de silence. Elle se retenait mal de pleurer.

De mois en mois, Alphonse l'occupa davantage. Hélène le déplorait, elle eût voulu continuer de vivre sa vie à elle, de courir les antiquaires et les boutiques de fringues, peut-être aurait-elle pu prendre un amant, dans le respect du souvenir d'Alphonse, car elle était belle, élégante, mais son devoir de veuve l'obligeait, et il devenait un plein temps. Elle lisait chaque matin les principaux journaux, pour y découvrir une ligne qui parlerait d'Alphonse. Elle regardait à la télévision toutes les émissions politiques afin que ne lui échappât aucune évocation de lui. Elle surveillait les livres. Dans deux cas elle fut contrainte au procès, l'un touchait à la vie privée de son mari, alléguant qu'il avait eu de nombreuses maîtresses, l'autre mettait en doute la continuité de sa ligne politique. Elle prit plusieurs avocats, gagna son premier procès, perdit le second, elle en resta furieuse, indignée. Elle songea à écrire une biographie d'Alphonse, elle y renonça, le talent lui manquait. Elle redoutait surtout que cette biographie ne fût que le bouleversant éloge d'un homme extraordinaire, or une bonne biographie, lui avait expliqué l'éditeur, doit comporter des ombres qui aident à la lumière. Elle choisit donc un grand romancier devenu biographe. Elle lui promit de l'aider de son mieux. Elle accepta d'aller le voir, deux fois par semaine, pour lui parler d'Alphonse. Mais elle avait de la peine à en parler, sa voix se brisait.

Alphonse l'épuise, et c'est bien. Hélène fait son devoir, bien plus que son devoir. Elle lui dit ce qu'elle n'a pas su lui dire quand ils vivaient ensemble, ce merveilleux amour qu'elle n'avait pas compris. Elle assemble, elle classe tous les papiers écrits de la main d'Alphonse, elle les lit, elle les relit, elle contemple cette écriture si modeste et si forte, qui lui ressemblait tant. Elle contemple le lit d'Alphonse, ce lit où il se couchait pour tenter de dormir, quand il rentrait épuisé par le travail accompli, quand il posait, sur ce bureau où elle travaille aujourd'hui, l'écrasant fardeau de ses responsabilités. Elle le voit dormir, se retourner parce qu'il dort mal. Elle se dit qu'elle aurait dû entrer doucement dans sa chambre, l'embrasser sur le front, ne jamais le contrarier, aimer même ses faiblesses, être à ses côtés, silencieuse, attentive, l'aider un peu à vivre, lui qui devait vivre si peu.

La mémoire d'Alphonse occupe maintenant tout son temps. On voit partout la veuve d'Alphonse. Elle fait bien plus que représenter son mari, elle l'incarne, elle le continue. Elle est si digne, à la fois émouvante et modeste, le modèle de l'épouse que la mort a laissée seule. Elle a mis au point, chez un grand spécialiste, la plus belle coiffure des veuves, faite de mouvements discrets et de couleurs tristes. Elle commande en haute couture les robes les plus joliment adaptées à sa fonction. Elle lit tous les livres qui racontent des destins comparables au sien, car ils peuvent porter quelques lignes de conduite, comment marcher, parler, s'asseoir, se lever, pleurer, comment tenter par chaque geste, par chaque mot, d'être fidèle.

Qu'Alphonse ait été le plus grand homme politique de son temps, un homme de cœur et de devoir, un esprit de lumière, Hélène le sait. Elle sait aussi qu'il fut, à sa manière, si discrète, si fugitive, non point seulement un grand homme d'Etat, mais un héros, dans un temps qui n'en compte plus. Elle a peuplé l'appartement de ses photos, de ses manuscrits. Elle s'endort en répétant son nom. Tous les matins elle ouvre avec bonheur l'énorme courrier qui lui parle de lui, qui lui parle d'elle, qui lui parle d'eux. C'est peu dire qu'elle l'aime, elle se confond à lui. Elle vit par lui, pour lui. Jamais il ne la contrarie. Jamais il ne la chagrine. Elle ne peut recevoir de lui ni tourment, ni déception. Alphonse est beau, généreux, loyal, et si attentif. Elle ne reçoit de son mari qu'une souffrance, celle de se savoir indigne de lui.

Hélène va au cimetière tous les jours, vers six heures le soir, quand tous les visiteurs sont partis, et qu'ils peuvent être enfin seuls, elle et lui. Chaque jour elle apporte des fleurs, retirant celles qu'elle avait déposées la veille. Elle parle à son mari. Elle lui raconte tout ce qu'elle a fait dans la journée, pour servir sa mémoire, pour qu'il reste vivant. Elle pleure des larmes tranquilles. Elle sait qu'une place est libre pour elle, qu'on l'y descendra, demain, dans cinq ans, dans trente ans, qu'ils seront enfin côte à côte, dans le même lit, qu'ils seront l'un à l'autre, que personne jamais ne viendra les déranger, et qu'ils se parleront tout le temps de l'éternité. Elle lui dit : « Alphonse », « Alphonse » de sa voix d'amour, comme au soir de leur première rencontre. Il lui répond : « Hélène », il l'attend, il l'a toujours attendue.

LA FILLE AU VÉLO NOIR

Sophie a juste dix-huit ans. Elle est née le 30 juillet à midi, elle est fière d'être Lion, Lionne, elle lit chaque semaine tous les horoscopes qu'elle peut trouver pour deviner ce qui l'attend, ce qu'elle doit faire et surtout ce dont elle doit se garder. Sophie poursuit des études, dans une école de publicité, la publicité est sa vocation, sa passion depuis l'enfance. Ses parents l'ont envoyée à Paris. Sophie travaille dans la meilleure école pour devenir la meilleure en publicité.

Sophie est belle. Elle en est sûre, d'abord parce que ses parents, ses cousins, ses camarades voués à la publicité n'ont cessé de le lui répéter, ensuite parce qu'elle place souvent sa photo sur les journaux de mode, à côté des top models et des actrices qui font rêver. Des photos d'elle, Sophie en a des dizaines, de toutes les dimensions, afin qu'elle puisse les adapter à toutes les pages de tous les magazines, Sophie nue, ou court vêtue, ou dans ses dessous de dentelle noire, Sophie assise, debout, couchée, jambes jointes ou jambes écartées, de face pour comparer ventre et seins, de dos pour confronter cheveux, nuques et hanches. Sophie a vérifié, plus de huit fois sur dix, qu'elle était la plus belle. Elle se rassure encore en se regardant dans la glace, une demi-heure chaque matin, après avoir pris son café, son café et rien d'autre car elle a peur de grossir, une demi-heure aussi le soir, avant de se coucher, une demi-heure ou davantage, elle se plaît tant le soir qu'elle a du mal à se quitter. Dans la journée Sophie s'observe aussi souvent qu'elle le peut. Elle se regarde dans chaque vitrine de magasin, sans en manquer aucune. Souvent elle s'arrête, feignant de contempler un objet rare, elle se passe la main dans les cheveux, elle se déplace devant la boutique, légèrement. Elle est la plus belle.

Pourtant Sophie n'est pas sans souci. Ses cheveux d'abord l'ont beaucoup tourmentée. Ils sont maintenant très longs après avoir été très courts. Elle a beaucoup hésité, comme hésitent la plupart des top models. Elle s'est finalement résolue à porter les cheveux trop longs, à la fois pour les remuer joliment, grâce aux mouvements de la tête, pour y passer la main, et aussi pour qu'ils descendent, peu à peu, sur les hanches, pour qu'ils se rapprochent de ses fesses afin de faire alliance avec elles. En revanche Sophie est soucieuse de ses épaules. Ses épaules sont trop larges, des épaules de garçon. Elle a beau s'assurer, sur de nombreux magazines, que les épaules larges sont plutôt à la mode, elle eût voulu les siennes plus fines. Il est vrai que la plupart des filles ont les épaules trop étroites, il n'empêche que Sophie est sûre d'avoir les épaules trop larges, elle s'en veut, elle en veut à sa mère, sa mère était la fille d'un militaire, et la famille lui a transmis des épaules militaires.

Sophie se méfiait des garçons. Non seulement parce que sa mère l'avait fermement mise en garde, mais parce qu'elle savait qu'elle risquait, dans l'amour, de malmener son corps. Surtout elle ne voulait à aucun prix se retrouver malade. Elle s'imposait donc des foules de précautions, elle en exigeait de ses amis, elle en exigeait tant que les garçons parfois s'impatientaient. Tout la préoccupait dans ce redoutable corps à corps, les peaux collées par la sueur qui menaçaient de s'abîmer, le poids d'un garçon sur son ventre, qui pouvait le durcir mais aussi l'amollir, et tous ces gestes désordonnés qui secouaient les chairs. Quand l'amour devenait violent, elle redoutait les marques, les taches indélébiles, tout ce qui resterait peut-être de tant d'imprudences. Bien sûr elle appréciait l'amour, mais ce lui semblait un exercice plein de périls. Sophie eût aimé plaire follement et cependant rester au bord de l'amour, elle eût aimé qu'un homme très beau, très intelligent, très riche, fût là, des heures, à la contempler nue, dans toutes les positions des grands magazines, qu'il fût ébloui, qu'il sût lui dire, avec des mots enflammés, qu'elle était belle, la plus belle de toutes, puis qu'il s'en allât à regret, promettant de revenir très vite.

Mais Sophie n'adorait pas que son corps et la publicité. Elle rêvait aussi d'acquérir un vélo noir, une bicyclette haute, fière, une de ces bicyclettes imaginées pour les très jolies femmes. Ce vélo noir, elle n'avait pas les moyens de se l'offrir. Sophie dut consentir qu'un garçon amoureux vînt souvent dans sa chambre. Ils firent l'amour beaucoup plus qu'il n'était raisonnable, elle fut étonnée, inquiète d'y prendre un plaisir anormal et de négliger parfois d'élémentaires précautions. Elle dut acheter de nouvelles revues, précisant les moyens de faire souvent l'amour sans compromettre sa beauté, elle vit un médecin spécialiste, elle prit de nouveaux médicaments, garants de la jeunesse du corps et de sa fermeté. Elle observa, plus encore qu'à l'ordinaire, tous les regards jetés sur elle, le regard avide des hommes, le regard jaloux des femmes. C'était sûr qu'elle restait la plus belle.

Quand vint le temps des étrennes, elle se laissa faire l'amour, plus violemment encore, cachant qu'elle ne cessait de s'inquiéter davantage. Il lui dit enfin : « Je voudrais tant te faire plaisir... dis-moi ce qui te ferait le plus fabuleux plaisir. » Partir ensemble ? Partager le soleil, la mer, s'aimer dans le sable, se caresser sous les étoiles ? Elle répondit : « Un vélo noir. » Il fut triste un peu, elle feignit de ne pas s'en apercevoir. Le lendemain, le vélo noir lui fut porté, une bicyclette droite, haute, celle dont Sophie rêvait, avec un mot très tendre. Elle écrivit à son ami pour le remercier de tout son cœur, pour lui dire aussi qu'ils ne se verraient plus, que c'était raisonnable, que tout avait un temps, mais qu'elle lui conservait son amitié, qu'elle garderait ce magnifique vélo noir en souvenir de lui.

Sophie vit maintenant avec son vélo noir. Ils vont ensemble de chez elle à l'école de publicité, ils en reviennent, ils circulent partout, sur les chaussées, sur les trottoirs, dans les jardins, rien jamais ne les arrête, ni la pluie ni la nuit. Sophie passe le meilleur de son temps dressée sur son vélo noir. Les dix premiers jours elle a recherché, observé toutes les filles à vélo noir, pour savoir comment s'habiller et se tenir, comment être la plus belle sur un vélo noir. Fallait-il choisir le provocant contraste du long manteau et de la jupe très courte ? Ou au contraire la tenue sensuellement sportive ? Elle s'était décidée pour le caleçon noir, le chandail noir, les chaussures noires à lacets noirs. Elle avait remarqué qu'une fille belle devait se confondre avec sa bicyclette, une même femme, résolue, indifférente, allant toujours de l'avant, les vêtements collés à la peau comme la peinture au vélo. Sophie avait pris des dizaines de fois la même rue, dans un sens puis dans l'autre, une rue encombrée de magasins. Elle s'était observée dans chaque vitrine, roulant vite, puis lentement, elle avait mis au point la position de ses pieds, le mouvement de ses jambes, la raideur de son torse offrant au vent et à l'aventure ses seins dressés, oui c'était cela qui convenait, ce corps serré, resplendissant, noir, celui d'une danseuse à bicyclette. Sophie avait longtemps étudié le flottement de ses cheveux, les inclinaisons de sa tête quand elle changeait de rue ou qu'elle franchissait un obstacle. Les cheveux couraient de droite à gauche, élégants ou sauvages, comme elle le souhaitait. Mais elle avait été obligée de les teindre, car ses cheveux devaient être blonds – toutes les glaces le lui disaient – pour être vus à chaque moment.

Le reste avait été sans souci. Sophie avait tout appris des femmes qu'elle admirait sur leurs vélos noirs, sac au dos, droites, impassibles, les bras tendus, les yeux au loin, les yeux qui ne voient rien ni personne, les yeux à l'infini ou portés par le rêve, et les lèvres figées, sans sourire, sans peur. Sophie savait tout. Elle avait retenu chacun de leurs gestes, comment bien pédaler, comment mieux cambrer les reins, rendre plus fascinant le mouvement des jambes. Elle était sûre d'être la meilleure.

Sophie monte sur son vélo noir. Elle ne connaît ni feu rouge, ni feu vert, ni sens autorisé ni sens interdit. Elle se moque des lois. Elle est belle, elle est libre, elle est souveraine. Ces voitures qui la doublent lui semblent ridicules, elle les rattrape, elle se faufile, elle se joue d'elles, ces voitures sont grasses, le derrière lourd, la vitre sale. Sophie ne voit pas les piétons, ils ressemblent à des fourmis. Ils s'écartent, ils s'excusent, ils la suivent des yeux. Sophie passe sur son vélo noir, vous la voyez et elle ne vous voit pas, elle fait ce qu'elle veut et vous n'êtes tous que des esclaves. Elle vous plaît mais sachez qu'elle s'en moque. Elle se plaît.

La nuit, Sophie monte son vélo noir dans sa chambre. Elle l'installe au pied de son lit. Quand elle a fini ses soins, pris tous ses médicaments, une dernière fois contemplé son regard, ce regard superbe, insolent, elle se couche. Avant d'éteindre la lampe, elle reste, un long moment, les yeux fixés sur son vélo noir. Elle contemple d'abord la roue avant et le guidon dressé, on dirait un homme, un homme brutal que rien n'arrêterait, mais qui ne viendra pas. Puis elle regarde la roue arrière et le sac à dos posé sur le porte-bagages, la croupe d'une femme, d'une femme trop épaisse. Sophie sait qu'elle est plus belle que son vélo noir, mais elle est sûre de l'aimer. Elle se met à caresser la selle, la selle n'a rien à dire, juste à se laisser caresser, la selle rêve. Alors Sophie installe le vélo noir contre ses jambes, et ils s'aiment, avant de s'endormir et de partir ensemble.

LE CURRICULUM

Cyril Clochebois est préoccupé, presque triste. Il est contraint de préparer son curriculum vitae. Il eût rêvé d'un monde plus agréable, où la fin des études et le début de la retraite coïncident heureusement. Mais le monde est ce qu'il est, implacable et méchant. Un père agent des PTT, une mère assistante sociale, un bachot bien passé, six ans de droit, quelques diplômes, et vingt-cinq ans d'âge, Cyril Clochebois n'a plus de choix. Il doit chercher un boulot. Il doit fournir son curriculum. Cyril a demandé conseil à ses vieux camarades, Edouard maintenant employé dans une banque, Gérard devenu conseil d'entreprise, et plusieurs autres. Tous lui ont confirmé que sans un bon curriculum il n'y avait rien à faire. Cyril a décidé d'y passer trois jours pleins. Il a réussi à rassembler une vingtaine de CV modèles, les meilleurs des CV lui ont dit ses copains. Il a emporté un paquet de feuilles blanches, plusieurs pointes Bic, quelques Stabilos par précaution, et il s'est installé à la bibliothèque de la Faculté, sur sa table préférée. Trois jours, est-ce bien prévu ? Gérard n'y a passé que deux jours, mais il est très doué. Edouard y a consacré une semaine. On verra bien. Simplement, tous ses copains l'ont prévenu : le curriculum ne peut comporter la plus infime maladresse. Tout se joue sur rien, un mot malheureux, un chiffre ridicule, une indication déplaisante. Sur dix CV, neuf sont jetés à la corbeille. Il faut que tu le saches, Cyril, le curriculum c'est le pire des examens. Sot ? Prétentieux ? Instable ? Affabulateur ? Un nul dissimulé dans les mots ? Un médiocre à peine caché ? Le curriculum dit tout. A l'inverse il peut, parfaitement réussi, déchaîner l'enthousiasme. Voici enfin un curriculum attirant, sans un défaut, sans une gaffe, le curriculum d'un type très rare... Ce type, je le convoque aussitôt, je ne veux pas qu'il m'échappe... demain, dix heures trente...

En tête, le nom bien sûr, et l'adresse, et le numéro de téléphone. Cyril Clochebois déteste son nom. Ses parents ont cru corriger un patronyme maladroit par un prénom prétentieux. A l'école, au lycée, chaque fois que le professeur le désignait, Cyril Clochebois avait honte. Il n'a jamais cessé de rougir de son nom. Devait-il écrire, en lettres majuscules, CYRIL CLOCHEBOIS ou CLOCHEBOIS CYRIL ? Sur vingt CV modèles, il vérifia que l'on se partageait également entre les deux usages. Il délibéra longuement, il écrivit sur une page plus de dix projets, il choisit finalement l'ordre qui lui parut le plus naturel, le plus discret aussi, Cyril en très petites minuscules, CLOCHEBOIS en grosses majuscules, de telle sorte que les deux mots ne semblaient pas liés l'un à l'autre. Il était Cyril ou il était CLOCHEBOIS. Cette décision enfin prise le rassura. Le curriculum était bien parti.

Sur l'adresse, sur le téléphone, Cyril n'avait aucun

choix. Qu'il habitât le cinquième arrondissement ne pouvait le desservir, car cet arrondissement ne signifiait rien. Ce cinquième arrondissement était pauvre et riche, plutôt cultivé mais sans prétention. Cyril se dit que la proximité des Facultés constituait sans doute une indication favorable. Pouvait-il avoir vécu si près des lieux d'enseignement sans en avoir un peu profité ? Il décida d'écrire l'arrondissement en grosses majuscules. On verrait ensuite ce que les machines en feraient.

A nouveau il buta sur un obstacle. Cyril CLOCHEBOIS était né le 13 août 1969. Qu'il fût né le 13 du mois ne pouvait-il suggérer comme une malchance congénitale, qui déconseillait l'embauche, le 13 du mois d'août par surcroît, d'un mois de pleines vacances, un bébé venu à la vie un très mauvais jour, et dans un mois sans travail ? Cyril alluma une cigarette, puis une seconde, il ferma les yeux, déjà lassé. Devait-il se vieillir d'un jour, d'un mois, ou plutôt se rajeunir ? Et n'attachait-il pas trop d'importance à un détail insignifiant ? Toute sa vie Cyril s'était encombré d'infimes difficultés qu'il avait démesurément grossies. Ce 13 août prenait soudain une dimension affolante, comme un silence trop lourd de son père pendant le dîner, comme le sourcil froncé d'un professeur. Après tout la loi s'imposait. Il était né le 13 août 1969 et il n'y pouvait rien. Ses parents avaient tout mal calculé, le nom, la naissance, et tout le reste, Cyril ne leur en voulait pas, mais il était obligé d'assumer sa malchance. Il écrivit, en petites lettres, « né le 13 août 1969 ». Il ajouta : « nationalité française », puis, recopiant ses modèles, il écrivit « célibataire », mais ce mot il le raya aussitôt.

Ça lui paraissait gênant d'être célibataire. Il pensa

à Valérie, chaque nuit il pensait à elle au moment de s'endormir, ils s'étaient vus tous les soirs pendant deux ans, elle est la seule avec laquelle il eût voulu vivre, il avait reçu sa lettre, un matin de décembre, « Adieu Cyril, adieu, on n'est pas faits l'un pour l'autre. Je t'aime... » Elle l'avait fait célibataire. Il avait décidé, ce matin-là, d'être célibataire jusqu'à la mort, à moins qu'elle ne revînt. C'est à cause d'elle, de sa méchanceté, de son absence, qu'il était obligé d'écrire « célibataire » sur ce curriculum. Il l'écrivit en lettres très petites, cela ne regardait personne qu'il fût célibataire, célibataire pour toujours, puis il effaça le mot, il relut tous les modèles, les mêmes mots revenaient, « célibataire », « marié », « marié un enfant », « marié deux enfants », jamais trois enfants. Il tâcha de se persuader que c'était utile d'être célibataire, toujours disponible au travail, ni congé parental, ni bébé malade, rien que le travail, Cyril Clochebois vous promet de rester célibataire, il ne peut pas prêter serment, mais c'est sous-entendu. Il décida d'écrire le mot en belles majuscules, en lettres évidentes, solennelles, oui célibataire, fier de l'être, quoiqu'un peu mélancolique.

Elle lui semble effrayante, la ligne qui vient ensuite, et dont les femmes sont injustement dispensées. Cyril la retarde un moment, suçant son Bic, regardant tout autour. Il se demande s'il ne devrait pas remettre la difficulté à demain, s'en aller, marcher un peu dans la rue, entrer dans une église, mais il n'a pas le courage de prendre la fuite. Il lit, sur tous les CV qu'il a assemblés, cette ligne sinistre de la vie des hommes, « dégagé des obligations militaires », « sursitaire », « réserviste », n'importe quoi. Lui, il est « réformé », pas par sa faute, la réforme lui était tombée dessus, réformé pour cause de dépression nerveuse, un vrai coup de dépression. C'était la faute de son père, toujours sombre, presque muet, et de sa mère qui pleurait trop, et d'un été trop dur, ce mauvais été sur la plage, sous la pluie. Cyril Clochebois, réformé, incapable d'être soldat, d'être apprenti soldat, anormal, ridicule. « Réformé », c'était impossible à écrire, à avouer. « Dégagé des obligations militaires », c'était un demi-mensonge. Cyril réfléchit longtemps, il décida d'aller s'enfermer aux waters, un quart d'heure, pour retrouver des forces. Il s'assit, la tête posée sur les genoux. Quand il revint à sa place il avait pris sa décision, il sauterait cette ligne. Si jamais la question lui était posée il improviserait. Il inventerait n'importe quoi, un service militaire fait en Afrique et le livret perdu, un séjour à New York dans une multinationale, n'importe quoi, il verrait bien. Il allait mieux. Il alluma sa plus belle cigarette. Le monde moderne ne s'intéressait pas à l'Armée.

La *« formation »* lui fut facile à rédiger. Elle était ce qu'elle avait été, convenable, suffisante pour être mise en valeur. Mais Cyril ne comprenait pas qu'il fût obligé de remonter le temps, ce qu'imposaient la plupart des CV modèles, de commencer par le dernier venu de ses diplômes et de finir par le bac. Il eût préféré suivre le temps comme il l'avait vécu, et non le renverser, mais la règle du curriculum semblait ne pas souffrir d'exception. Cyril écrivit, lentement, pour l'année juste achevée, son « D.E.A., Droit des Affaires », mais il le transforma en « D.E.A., Droit des Affaires et de l'Economie », car les mots lui parurent plus attrayants et les

D.E.A. changeaient volontiers de nom. Puis il écrivit le chiffre de l'année précédente et les mots « D.E.A. de Finances publiques », deux D.E.A. en deux ans, ce n'était pas rien, tant de travail, tant d'anxiété, mais pas de « mention » à signaler, Cyril n'avait été honoré d'aucune mention, peut-être la mention « passable », celle de tous, celle des nuls, celle du curriculum que l'on jette à la corbeille.

La nuit venait, la bibliothèque commençait de se vider. Les chaises désertes, les lampes trop hautes, les livres abandonnés, tout devenait triste et Cyril ne pouvait rester sans mention. Il ne pouvait pas non plus mentir, il ne pouvait pas se faire faussaire, il redoutait d'aller en prison. Il décida donc d'écrire ses mentions en très petites lettres, si petites qu'elles ne se verraient pas. A son dernier D.E.A. il ajouta une mention « Bien », au précédent une mention « Assez bien ». Ses mentions. Cyril Clochebois les avait vraiment méritées, car il avait travaillé comme un fou. Mais il avait eu tort de se les attribuer lui-même. Il était fâché contre lui, et contre ceux qui lui avaient volé ses mentions.

Cyril n'en pouvait plus de son curriculum, de ce travail épuisant. Il voulait s'en aller. Il nota encore, très vite, en remontant le temps, sa « maîtrise », sa « licence », son « D.E.U.G. », et son « baccalauréat série C ». « Série C » lui parut mériter de grosses lettres, « série C » le rassurait. Il l'écrivit en caractères démesurés, et il fut soudain tout joyeux, prêt à rire. Il ajouta « mention bien » pour se faire plaisir. Il s'en moquait maintenant, de travestir l'imbécile vérité. Il dînerait ce soir, seul, dans la plus mauvaise des brasseries, d'un œuf mayonnaise, d'un pudding, et de trois verres de vin rouge, bachelier série C avec mention bien. Cyril rassembla ses papiers, il se leva, la vie valait décidément d'être vécue.

Il était presque minuit quand il monta l'escalier, à pas silencieux, pour rentrer chez lui. Il fit tourner la clef doucement. Papa et Maman dormaient, comme d'habitude. Papa ronflait, du même ronflement, si épais, si calme, que rien n'avait jamais troublé. Maman faisait semblant de dormir, elle essayait. Cyril retira ses chaussures, sur le palier, pour n'être pas entendu, il alla à sa chambre, il s'étendit sur son lit sans se déshabiller, bachelier série C, mention bien, licencié, maître, bientôt docteur, peut-être il serait avocat, peut-être juriste d'entreprise, peut-être cadre. Pour tenter de réussir il devait dormir. Les yeux fermés il refit son curriculum, de sa mort à sa naissance, un curriculum de trente pages. Il s'endormit.

A neuf heures le lendemain, assis à la bibliothèque, tout près de la fenêtre, Cyril Clochebois travaillait à nouveau, agitant son café. Il en était venu aux *« expériences professionnelles »*, mais elles ne lui causaient aucun souci. Il n'en avait aucune, si ce n'est un stage dans un restaurant à la montagne, moyen qu'il avait trouvé de faire un peu de ski, et quelques jours passés à la Préfecture où son père avait obtenu qu'il servît, tout un été, à classer des papiers. Ce n'étaient pas des expériences professionnelles, Cyril ne pouvait rien dire de formations aussi brèves, aussi médiocres, faites pour le desservir. Il renonça sans mal à cette rubrique, il n'avait pas d'expérience professionnelle et c'était mieux ainsi, ces expériences sont faites pour les hésitants, les traînards, les stagiaires de tout. Il relisait, de curriculum en curriculum, la liste absurde de ces expériences, mieux valait n'en avoir aucune. Quand il sera convoqué, il inventera celles qu'il avait tues, par discrétion, car il faut que vous sachiez que Cyril Clochebois est discret, modeste, et qu'il vaut beaucoup mieux que son curriculum.

Quand l'église voisine le prévint qu'il était déjà midi, Cyril Clochebois réfléchissait sur les *« langues »*. Cela faisait plus de deux heures qu'il cherchait une solution. Sept ans d'anglais, un mois à Londres dans une famille d'ivrognes qui jamais ne lui avaient adressé la parole, l'obligeant à parler aux enfants, deux tout petits enfants qui ne savaient pas encore un mot d'anglais, que pouvait-il en faire ? « Anglais lu ? » « Anglais parlé ? » « Anglais écrit ? » Il hésita à choisir, ou cumuler. Il trouva, sur plusieurs modèles, des formules vagues, qui esquivaient la difficulté, « niveau moyen », « maîtrise courante ». Il se résolut à écrire « anglais lu », car nul ne pouvait vérifier ce qu'il lisait le soir, dans son lit, pour chasser les ronflements de son père, pour que vînt le sommeil. Il décida d'acheter, dès le lendemain, des journaux anglais. Puis Cyril raya ces mots dangereux, car il risquait, lors de l'épreuve orale, qu'on lui tendît un texte à lire. Il préféra un mot très vague, lu sur plus de vingt CV : « notions ». Il l'écrivit en lettres de dimension moyenne, sans vanité. Notions théoriques ? Notions pratiques ? Notions précises ou incertaines ? Notions lues ou parlées ? C'est sûr qu'il avait des notions d'anglais. Mais ce mot ne lui parut pas convaincant. Cyril chercha une habile synthèse. Il choisit finalement d'écrire « anglais lu, parlé » et d'ajouter « notions ». Le tout ne voulait rien dire mais prenait bonne allure. Cyril se souvint qu'il rêvait de connaître Rome, de passer un week-end à Venise, de s'enfermer dans un hôtel, d'écouter le bruit des canaux. Il écrivit « italien : notions ». Le temps que son curriculum soit diffusé, ces notions lui viendraient peut-être. Il aimerait tant apprendre l'italien en Italie.

Cyril en était venu au plus difficile. Il avait lu, relu, sur plus de cinquante modèles, tout ce qui dirait le reste de sa vie, les *« activités diverses »*, ou encore les *« activités extra-professionnelles »*, ou encore les *« autres intérêts »*, ou même les *« loisirs »*. Certains parlaient de leurs *« engagements personnels »*, belle formule qui rassemblait toutes les autres. Cyril pressentait que ce devait être cela l'essentiel, ce sur quoi il serait au bout du compte jugé, rejeté, ou remarqué, car ses études n'indiquaient pas de suffisants mérites.

Il se refusa la halte d'un déjeuner, et décida d'y passer l'après-midi. Sur deux CV il découvrit la rubrique *« divers »*, qui permettait de tout placer sous un mot modeste. Cyril ne lisait guère, juste deux ou trois livres par an. Il n'allait jamais au théâtre. Il ne voyait au cinéma que des films présumés drôles. L'hiver, il tâchait de passer quelques jours à la montagne, il skiait, comme ceux qui n'ont jamais appris à skier, n'importe comment, avec plaisir et sans grâce. Cela faisait vingt ans que ses parents l'emmenaient au mois d'août au bord de la mer bretonne, dans une maison, toujours la même, un pavillon loué pour prendre l'air. Cyril nageait deux fois par jour, d'un bout à l'autre de la plage, toujours aussi mal depuis vingt ans. Ses parents ne lui avaient rien appris, Cyril ne voyageait pas, Cyril ne jouait pas au bridge, Cyril n'était membre d'aucune association, il ne militait pour aucune œuvre bienfaitrice, il était mauvais en tout, pas mauvais, étranger à tout, insignifiant. Ce n'était pas sa faute. Son père ne savait que travailler le jour, se taire au dîner, ronfler la nuit, sa mère se dévouait du matin au soir pour des gens inconnus dont elle ne disait jamais un mot, elle faisait mal la cuisine, peu le ménage, elle soupirait, elle gémissait doucement, elle embrassait Cyril. « Toi, tu seras formidable », et maintenant il ne savait rien faire que sa toilette, et son boulot d'étudiant. Il n'avait rien à écrire sur son curriculum, nul en *« sports »*, nul en *« vie associative »*, nul en *« centres d'intérêt »*, Cyril apercevait aujourd'hui le bout du chemin, le chemin d'un raté, le parfait curriculum du parfait raté.

Jusqu'au soir il resta figé, mâchonnant son stylo. Ni son curriculum ni sa vie ne l'intéressait plus. Il regardait les filles qui travaillaient autour de lui, fiévreuses, agitées, belles, fières de l'être. Elles se regardaient dans leurs papiers, dans tous les regards, il eût aimé être une fille, avoir de jolies jambes, faire du ski nautique, être bilingue... Vers cinq heures quand la nuit commença de tomber, il fut contraint d'écrire quelque chose, car il devait avoir achevé ce soir son travail, énuméré ses *« divers »*. Il écrivit « natation » puis « ski », il ajouta « aviron », car l'aviron ne lui semblait pas difficile et il s'y mettrait l'an prochain. L'aviron n'était ni moderne ni décadent, il disait le calme, le sang-froid, le goût de l'effort. Cyril se vit dans son embarcation et se fit bonne impression. Maintenant ses goûts se multipliaient. Ils l'entraînaient dans tous les sens. Il écrivit précipitamment « opéra », « cinéma », « sculpture », « peinture », et aussi « histoire contemporaine ». C'est vrai qu'il les aimait tous, et qu'il n'y connût rien n'était pas sa faute. Cyril eût aimé être Mozart, et Rimbaud, et Alexandre, et Napoléon, et de Gaulle, il ne savait presque rien d'eux, mais il était décidé à se renseigner sur eux. Et Cyril Clochebois, sachez-le, aime aussi l'histoire grecque qu'il ignore, et la littérature japonaise qu'il découvrira un jour, quand il pourra voyager. Il écrit désormais en grosses majuscules, il raconte sa vraie vie, tout ce qu'il aurait fait si on ne l'avait pas retenu, enfermé. Cyril Clochebois vous parle enfin de lui, et son curriculum vitæ n'ose presque rien dire d'une réalité fabuleuse.

Cyril n'a pas dormi de la nuit. Au matin, il a repris son travail. Ce qu'il a écrit la veille, il ne veut pas le relire. Il le corrigera plus tard, quand l'ordinateur lui aura dit, en grosses lettres noires, à quoi ressemble sa vie. Que reste-t-il pour ce dernier matin ? Juste l'exposé des *« objectifs »,* évidemment gardés pour la fin. Cyril observe que les faiseurs de CV ne parlent pas tous de leurs objectifs : par discrétion, pense-t-il, ou pour laisser le champ libre à une foule de vocations, ou pour dire, sans le dire, qu'ils sont prêts à n'importe quoi, à conquérir le monde ou à servir un grand chef d'entreprise. Cyril sait qu'il n'a aucun objectif. Papa lui répète qu'il doit gagner sa vie, Maman lui conseille de choisir le métier qui lui plaît, mais rien ne lui plaît vraiment, et Cyril ne croit pas qu'il sera capable de gagner sa vie. N'importe, il doit avoir des « objectifs ». Il recopiera donc ce qu'écrivent les autres, ceux qui savent, eux, ce que sont des objectifs raisonnables, au bout d'un curriculum qui ressemble au sien. Il écrit, très soigneusement, les mots qui paraissent décider d'un destin. « juriste d'entreprise », « avocat d'affaires », il voudrait ajouter un objectif plus original, il eût aimé être archiviste, ou rédacteur de CV, ou professeur d'aviron, il n'ose le dire, il écrit, en grosses lettres noires, « avocat international ». C'est normal qu'il devienne « avocat international ». Il parle couramment le français, l'anglais, l'italien, il est passionné de littérature japonaise, et il pratique l'aviron. Il est assis dans un grand bureau tout blanc. Quatre téléphones l'entourent, et de beaux ordinateurs. Dix hommes d'affaires sont assis en face de lui, qui l'assaillent de questions, en anglais, en japonais, et dans bien d'autres langues. Maître Clochebois comprend, il hoche la tête pour signifier qu'il comprend, il prend des notes d'une main distraite, il répète doucement « OK, OK », tous savent que Cyril Clochebois est le meilleur juriste de son temps.

Il a fini son travail. Il n'en est pas fier. Mais il n'est jamais fier de rien. Le soir est venu. Cyril a passé sur son curriculum près de trois jours, un résultat moyen, comme tous ses résultats, reçu au curriculum avec mention passable. Reçu ? Ce n'est pas sûr. Il reste à le faire lire à Edouard et à Gérard, à le faire corriger, à le faire taper, puis à l'écrire à nouveau, trois fois, quatre fois, cinq fois. Un bon curriculum c'est un travail qui ne finit pas...

Rangeant les modèles dont il s'est servi, il les relit vaguement, une dernière fois. Il découvre sur l'un d'eux, dans les *« centres d'intérêt »*, ces mots qu'il contemple : « Fait des confitures et des truffes au chocolat. » Mary

Diamond est américaine. Elle a vingt-deux ans. D'université en université elle a conquis tous les diplômes. Elle parle l'allemand, et le russe, et le coréen, et le chinois, et l'hébreu, et toutes les langues. Elle a lu des milliers de livres, elle a joué dans des films fous. Elle pratique le judo, et la course à pied, et le tir au fusil. Il contemple sa photo reproduite. Mary Diamond est belle à mourir. Il la regarde marcher, il suit ses jambes superbes et ses cheveux fous. Elle est la reine du curriculum, elle lui sourit, elle lui fait un signe, mais il se détourne. Il met son curriculum dans sa poche. Il rentre chez lui. Papa ronfle. Maman fait semblant de dormir.

UN COUPLE VRAI

Le train Bruxelles-Paris filait à bonne allure, sans trop se presser. Il était à peu près neuf heures, et le soleil tentait de se frayer un chemin. Assis au wagon-restaurant, je regardais passer les villages, les arbres, les vaches, nous étions trois ou quatre voyageurs, chacun à sa table, occupé à remuer son café, et à rêver. Ils entrèrent soudain, se tenant par la main. Elle marchait devant lui, l'entraînant gentiment, ils traversèrent tout le wagon, ils essayèrent une table, puis une autre, elle se mit à rire, lui aussi. Ils choisirent la table voisine de la mienne. « Salut », me dit-il. Je répondis : « Bonjour. » Elle l'embrassa sur la tête avant de s'asseoir face à lui.

Elle devait s'appeler Corinne, ou plutôt Virginie, lui peut-être Adrien, ou Gaspard, ils étaient grands, minces, moulés dans leurs jeans, ils se ressemblaient comme frère et sœur, leurs cheveux étaient noirs, courts, presque en brosse. Lui portait un chandail vert, sous un gros blouson noir couvert d'inscriptions. Elle laissait flotter de très petits seins dans un tee-shirt bleu. Le serveur s'approcha d'eux. Ils se tenaient par la main, leurs mains se rejoignaient au milieu de la table, Gaspard commanda deux cafés. Virginie corrigea : « Quatre cafés. » Il ajouta : « Très serrés. » Ils éclatèrent de rire.

Je m'appliquai à les observer sans qu'ils s'en aperçoivent, mais ils ne se souciaient pas de ce voisin, ni de personne, ni de cette triste campagne que le train traversait. Ils se regardaient, ils riaient en se regardant, parfois ils avançaient leurs épaules, leurs têtes se retrouvaient au centre de la table, au-dessus du pot de café, leurs lèvres se caressaient, et leurs langues. Parfois ils mêlaient leurs doigts, parfois elle lui grattait la poitrine avec une cuillère. A tour de rôle chacun tendait le bras pour passer la main dans les cheveux de l'autre. Tout semblait les amuser et je les vis à deux reprises échanger leurs tasses de café.

Ils n'avaient pas quarante ans à eux deux. Plutôt Français que Belges, me sembla-t-il, peut-être étudiants, peut-être déjà salariés, mariés sûrement pas, vivant ensemble sans doute, ou projetant de vivre ensemble et de se marier quand viendrait le bébé. Qu'étaient-ils allés faire à Bruxelles ? Un week-end pour se distraire, pour connaître une ville étrangère, pour avoir fait un petit voyage, pour passer deux nuits à s'aimer quelque part ? Ils se tenaient le front contre le front, les yeux dans les yeux. Elle était joliment cambrée. Elle me parut belle.

Ils remuaient gravement leurs cafés. Gaspard appela le serveur pour en commander deux autres. Le serveur parut surpris, six cafés ce n'était pas habituel. Je me dis qu'ils venaient de s'aimer toute la nuit, qu'ils étaient ensommeillés. Virginie tourna la tête, pour admirer la campagne, et soudain elle dit d'une voix lointaine :

« Tu l'as regardée, cette fille, dans le compartiment ? »

Gaspard hésita à répondre. Il tentait de se souvenir :

« De quelle fille tu parles ?

– Tu sais de qui je parle. De celle que tu as regardée.

– C'est vrai, je l'ai regardée. »

Ils parurent satisfaits tous les deux. A nouveau ils avancèrent les têtes, les lèvres, tout allait bien. Il disait vrai. Le soleil enfin venu éclairait leurs visages, ils étaient beaux, tous les deux, si tendrement transparents.

« Elle t'a plu ?

– Oui. »

Virginie plongea ses yeux dans son café. Ils ne pouvaient, bien sûr, en rester là. Je comprenais qu'ils s'étaient promis toute la vérité, qu'ils s'étaient juré de ne rien se cacher, tant qu'ils seraient ensemble, de ne jamais feindre. Ils devaient tout se dire, même l'impossible, et c'était cela un grand amour.

« Pourquoi te plaît-elle ?

– Je ne sais pas. »

Elle lui prit la main pour l'aider à parler.

« C'est son cul qui t'a plu ?

– Son cul, je ne l'ai pas vu. »

Virginie ne me parut qu'à moitié contente. Peut-être disait-il vrai, mais il n'en disait pas assez. Elle savait qu'un cul peut plaire sans avoir été vu. Gaspard avait vu tout le reste, il avait plusieurs fois regardé cette fille assise, vautrée, et qui dormait à l'autre bout du compartiment. J'observai Virginie. Elle semblait maintenant tendue, elle essayait de réfléchir. Elle se demandait si elle devait le questionner davantage, c'était vrai qu'il l'avait regardée cette fille, il avait regardé au moins ses jambes, une fille plutôt laide, habillée comme une vieille. Virginie savait que Gaspard aimait regarder les culs, elle aimait qu'il regardât le sien, mais elle voulait surtout qu'il lui parlât vrai. Elle ne voulait pas non plus l'embêter, son Gaspard, elle ajouta :

« C'est si beau qu'on se dise tout. »

Il hocha la tête, ils se prirent la main, et de nouveau ils s'embrassèrent, les lèvres jointes au milieu de la table. Oui, la vérité les enveloppait. Elle les protégeait.

Le train s'arrêta au milieu des champs, sans raison, comme s'il était essoufflé. Les vaches semblaient indifférentes, elles avaient vu tant de trains. Que celui-ci restât là, tout près d'elles, elles ne s'en souciaient pas. Moi je m'en souciais beaucoup. Je regardai ma montre, minute après minute, déjà près d'un quart d'heure, tous mes rendez-vous menacés, et mon cœur qui commençait de s'affoler. Eux, ils étaient comme les vaches dans les prés, ils s'en moquaient que le train fût arrêté, rien ne les pressait, ils étaient ensemble, ils partageaient le temps, le café, tout, les yeux et les mains confondus. A nouveau, elle lui parla :

« Tu m'as tout dit cette semaine ?

– Bien sûr. »

Il ajouta : « Et toi ? »

Elle le regarda, la tête un peu levée, d'un grand regard qui voulait le prendre tout entier, et elle lui dit :

« J'ai embrassé Paul. »

Il but deux gorgées de café.

« Embrassé comment ?

– Embrassé vraiment... et alors... ? »

Il répéta « et alors », « et alors », il alluma une cigarette, il lui en passa une qu'elle alluma à son tour, ils commencèrent à observer le cendrier, à jouer avec, elle le poussait vers lui, il le poussait vers elle, le cendrier allait de l'un à l'autre comme pour les aider, une sorte d'interprète. Ils restèrent un long moment à s'amuser ainsi, sans rien dire. Le train repartit, doucement, mon cœur s'apaisa. C'est Gaspard qui rompit leur silence.

« Tant qu'on est ensemble, on se dit tout. Tu es toujours d'accord ?

– D'accord », répondit-elle.

Elle approuva fermement de la tête. On ne peut s'aimer et se cacher quoi que ce soit. Son père et sa mère ne cessaient de se mentir, elle les avait détestés pour cela, ils faisaient semblant d'être ensemble, semblant de s'embrasser, semblant de tout. Gaspard et elle vivaient un amour vrai, ils étaient transparents comme la vitre, et ils continueraient jusqu'au bout. Elle ne savait quand viendrait le bout, dans six mois, dans cinq ans, au jour de la mort, mais s'ils se mentaient l'un à l'autre le bout serait aussitôt là. Ils se diraient adieu. L'amour c'était cela, ou ce n'était rien.

« Tu t'es fait baiser par Paul ? »

Toujours les questions de Gaspard étaient trop fortes. Il était ainsi fait, très costaud, vite violent, cette question il eût dû la poser autrement, mais elle aimait tout chez Gaspard, sa loyauté, sa brutalité, il faisait l'amour comme il parlait.

« Embrasser c'est pas baiser, répondit-elle.

– Je te demande s'il t'a baisée.

– Je t'ai dit non. »

Bien sûr, elle avait eu tort d'embrasser Paul, de

l'embrasser vraiment. Paul était l'ami de Gaspard, il lui ressemblait, il passait tous les jours ou presque voir son copain, elle l'avait bêtement embrassé un jour où Gaspard était rentré trop tard, ils avaient bu deux verres de vin, Paul était beau, et brusque, comme Gaspard, n'importe, elle avait eu tort. Elle fit signe au serveur, qui ne la vit pas, elle l'appela : « Hé, hé, s'il vous plaît... », elle demanda l'addition. Le train roulait très vite, comme pour s'excuser d'être en retard. Un couple passa devant nous, qui quittait le wagon-restaurant, Gaspard les regarda, moi aussi, j'entendis que Virginie lui disait :

« Tu regardes trop les filles. »

Il répondit en lui prenant la main :

« Et toi les garçons. »

Elle regarda dehors, les maisons filaient sous ses yeux, de petites maisons, toutes pareilles, avec des bouts de jardins. Cela leur plairait bien d'avoir, un jour, une maison comme celles-là, avec un bout de jardin. Dressé devant la table, le serveur attendait, son addition à la main. Virginie ouvrit son sac noir, Gaspard sortit difficilement son portefeuille de la poche de son jean. Ils comptèrent, ils partagèrent moitié moitié, j'eus l'impression qu'ils étaient un peu sombres, était-ce le prix du café, ou les mots échangés, ou les nuages qui maintenant cachaient le soleil, je cherchai quelque chose à leur dire, pour les rassurer, je n'osai. Elle se leva.

« On est fidèle ou on s'en va, dit-elle... C'est OK ?

– C'est OK », répondit-il presque sèchement.

Maintenant ils étaient debout, si près l'un de l'autre

que leurs lèvres se frôlaient. Leurs yeux ne se quittaient pas. Je les voyais s'aimer.

« Tu me plais », lui dit-elle, et elle se serra contre lui. Ils s'embrassèrent un long moment. Je tournai la tête pour ne pas les déranger, ils étaient immobiles, noués.

Elle ajouta d'une voix très tendre :

« Tu aimes toujours autant me baiser ?

– Ouais, répondit-il, et il l'interrogea à son tour : Et toi ?

– Moi, plus qu'avant.

– Ça fait du bien de se parler », lui dit-elle, l'embrassant dans le cou.

Ils allaient me quitter. Je me demandai s'ils se disaient vrai, ou s'ils avaient déjà commencé de se raconter des histoires, sans le savoir. Elle lui prit la main, elle passa devant lui. J'imaginai que toujours elle marcherait devant lui. Je leur fis de grands sourires qu'ils ne virent pas, ils regardaient ailleurs, l'amour, la vérité, la vie, tout mêlé. Avant de sortir du wagon-restaurant, Gaspard jeta un regard en arrière, vers moi, vers nous, les quatre ou cinq qui restions là, avec nos interminables cafés. Je l'entendis qui disait à Virginie :

« Regarde-les, tous ces cons... ils ne font que mentir. »

Ils rirent ensemble, ils partirent en courant.

INNOCENT

J'étais à peine majeur, avocat stagiaire depuis quelques mois. J'avais prêté serment de toujours servir la Justice, et fièrement revêtu ma toge noire. « Elle est inusable, m'avait garanti le faiseur, elle vous accompagnera dans le cercueil. » J'habitais encore chez ma mère, qui me laissait son salon et un bureau très solennel, quand je fus commis d'office pour assurer la défense d'Auguste Montbriseaux. Celui-ci devait comparaître le surlendemain devant le Tribunal correctionnel, poursuivi pour avoir volé des objets rares chez un antiquaire parisien. Je bondis au Palais de Justice pour prendre connaissance du dossier. Je n'avais nulle expérience, mais l'affaire me parut mauvaise. L'antiquaire avait quitté sa boutique pour aller mettre une lettre à la poste, laissant seule sa jeune employée. Auguste Montbriseaux était entré, mallette à la main, bien habillé, portant la barbe, il avait regardé les plus beaux objets, en vrai connaisseur, il n'avait cessé d'admirer, répétant : « Que c'est beau, que c'est beau », il avait pris les objets dans les mains, il les avait tournés, retournés, pour mieux les apprécier. Puis il était reparti, remerciant, promettant qu'il réfléchirait, tenant toujours sa mallette. Quand l'antiquaire était revenu, il avait découvert le vol, poussé des cris, injurié son employée inapte à rien surveiller. Trois objets avaient été emportés, des objets magnifiques, habilement choisis par un vrai professionnel. L'antiquaire avait couru au commissariat de police. Grâce à sa barbe, Auguste Montbriseaux avait été retrouvé, alors qu'il traînait chez un autre antiquaire. Interrogé, confronté, il avait nié le vol, crié son innocence. Il avait été inculpé, laissé en liberté par un juge d'instruction respectueux des principes, mais renvoyé devant le tribunal. Il avait d'abord refusé l'assistance d'un avocat, puis il l'avait sollicité au moment de comparaître en justice. Le Bâtonnier de mon Ordre et le hasard m'avaient ensemble désigné.

Auguste Montbriseaux me téléphona la veille de l'audience, et me rendit visite le soir même. Il m'impressionna beaucoup. Il était vêtu comme un bourgeois de la fin du siècle dernier. Il portait une longue barbe grise qui lui donnait l'allure d'un savant ou d'un sage, tels que je les avais vus sur les tableaux du Louvre. Il avait quarante ans, me dit-il, il en faisait vingt de plus. Surtout il s'exprimait admirablement, parlant très vite, avec chaleur, usant de mots rares et d'imparfaits du subjonctif qui m'émerveillèrent. Il me raconta son histoire douloureuse, mais banale, me dit-il, car il connaissait bien les antiquaires et quelques-uns, hélas, étaient des escrocs. Cet antiquaire-là avait trouvé ce moyen malhonnête de se faire rembourser par sa compagnie d'assurances des objets, très bien assurés, qu'il avait évidemment vendus. L'employée était une idiote, terrorisée par son patron. Au premier interrogatoire, elle avait dit ne se souvenir de rien. Au second, elle avait reconnu Auguste Montbriseaux. Au troisième, elle l'avait vu prendre les objets dans ses mains, les contempler, peut-être même l'avait-elle vu ouvrir sa mallette. Ce n'était rien qu'un témoin manipulé. Il n'existait pas d'autre charge. Si la Justice avait fait son métier, un non-lieu se fût imposé. Mais j'avais appris, à la Faculté, que la Justice marchait mal en France, pas seulement la Justice, la démocratie, les mentalités, tout allait de travers. Auguste Montbriseaux voulut bien me parler de sa vie. Il était, par sa mère, le petit-fils d'un illustre homme d'Etat qui avait beaucoup fait pour la France, qui avait voulu qu'elle fût toujours honnête et juste. Parce qu'il avait trop aimé les femmes, Auguste Montbriseaux était resté célibataire. Il avait hérité de quelques biens, ce qui le dispensait d'exercer un métier. Il vivait seul, du côté de Montmartre, il aimait l'art, la poésie, la musique, il écrivait des livres qu'il ne souhaitait pas publier, et il aidait, de son mieux, ceux qui croisaient son chemin. Il était heureux aujourd'hui d'être défendu par un jeune homme certainement épris de justice. Il me faisait confiance. Son grand-père répétait toujours que la Justice finirait par l'emporter, tôt ou tard, Auguste Montbriseaux n'en était pas sûr mais il gardait confiance, il était innocent et j'étais son avocat. Il savait que, commis d'office, je ne pouvais recevoir aucun honoraire. Mais il me dit, avec des mots émouvants, sa gratitude. Il ne m'oublierait jamais. Je baissai les yeux. Nous nous tûmes ensemble.

Dès qu'il fut parti, je me mis au travail. Je n'avais plaidé que deux fois, d'abord un divorce, puis un petit litige sur le montant d'un loyer. C'était ma première affaire pénale, une importante affaire, me semblait-il, car elle mettait en cause les grands principes, la présomption d'innocence, la portée du témoignage humain, le lien obligé du doute et de l'acquittement. Je rédigeai ma plaidoirie en trois parties, l'une sur la fragilité des preuves, l'autre sur les règles de droit, la troisième enfin sur la personnalité très attachante d'Auguste Montbriseaux. J'ajoutai une péroraison émue sur le drame des erreurs judiciaires et ma confiance en la Justice. Je trouvai mon texte médiocre, je l'écrivis à nouveau, puis une fois encore. Je me levai pour répéter ma plaidoirie, car les mots dits ne ressemblent pas aux mots écrits. L'émotion me venait tandis que je parlais, je me reprenais, je recommençais, je criais ma péroraison quand ma mère entra soudain dans mon bureau. Elle était en chemise de nuit, elle avait cru que je l'appelais. Il était deux heures du matin. « Tu es trop consciencieux, me dit-elle, va te coucher. » Nous nous embrassâmes plusieurs fois. « Je te souhaite bonne chance », me dit-elle encore, me poussant doucement vers ma chambre. Je me couchai, et, bien sûr, je ne dormis pas.

A neuf heures le matin je retrouvai Auguste Montbriseaux devant la porte de la salle d'audience. J'avais revêtu ma robe noire, lui-même s'était habillé d'un costume très sombre, triste comme il convenait. Mon client me parut calme, comme résigné à l'injustice, et son courage me donna des forces. Je lui expliquai la décision que j'avais prise d'aller rendre visite au Président du Tribunal, avant que ne commençât l'audience, pour lui expliquer, très respectueusement, que je plaiderais pour la première fois, que je plaiderais mal, que je priais le Tribunal de me le pardonner, pour lui dire aussi qu'Auguste Montbriseaux était le petit-fils de ce fameux homme d'Etat, cela ne pouvait compter, mais il était sans doute bon que le Tribunal en fût averti car je n'en parlerais pas à l'audience. Auguste Montbriseaux voulut bien me donner son accord. Je ramassai toutes mes forces pour frapper à la porte du bureau du Président, un Président très grand, très aimable, qui voulut bien m'écouter, m'encourager à plaider, me dire, pour me réconforter, qu'il comprenait l'objet de ma visite, je m'excusai, je remerciai, je présentai plusieurs fois mes respects, je m'inclinai en reculant vers la porte. Le Président me serra la main, il me dit, avec un bon sourire : « Maître, je vous souhaite bonne chance. » J'étais fier de ma démarche. Quand je retrouvai Auguste Montbriseaux je lui tapai sur l'épaule. J'étais un avocat.

L'affaire Montbriseaux fut appelée la première. Il n'y avait encore que deux ou trois personnes dans la salle, et ceci apaisa un peu mon anxiété. « Auguste Montbriseaux, approchez-vous », commanda le Président d'une voix presque aimable. Ses assesseurs, une jeune femme et un vieux monsieur, semblaient fort attentifs. Je ne savais pas si je devais, en bon avocat, être assis ou debout, je me levai, je m'assis, plusieurs fois. « Maître, restez assis », me dit le Président. Il me sembla qu'il m'avait pris sous sa protection. Le Substitut de Monsieur le Procureur arriva en retard, ce qui me parut bon signe. Il avait l'air mécontent, il ne cessait de remuer des papiers comme s'il cherchait un document essentiel, impossible à retrouver. Auguste Montbriseaux répondit aux questions du Président mieux encore que je ne l'avais espéré. Il raconta sa visite chez l'antiquaire, ses visites chez tous les antiquaires, il aimait voir les objets d'art, les toucher, les admirer, c'était une maladie de famille, jamais il n'avait rien volé, jamais il ne volerait rien, le vol était pour lui aussi haïssable que le meurtre. Auguste Montbriseaux ne voulait accuser personne, mais il ne comprenait pas cet acharnement contre lui. Le Président lui posa deux ou trois questions, très pertinentes, pourquoi le prévenu avait-il apprécié ces objets-là plus que d'autres, pourquoi était-il resté si longtemps dans cette boutique, et surtout pourquoi tenait-il une mallette à la main, et à quoi pouvait bien lui servir cette mallette ? Auguste Montbriseaux donna toutes les explications nécessaires. Sa conviction, sa chaleur semblaient gagner la salle maintenant à demi pleine. Le Substitut se tenait immobile, les yeux clos, feignant de dormir. Le Président acheva l'interrogatoire en questionnant Auguste Montbriseaux sur sa famille, sur sa vie. Celui-ci ne dit pas un mot de son grand-père, il était pudique, discret. En quelques phrases il résuma son destin. Il n'avait pas connu le bonheur, son seul bonheur avait été de bien se conduire, sans rien attendre ni demander, et voici qu'il était accusé d'être un voleur. Il dit sa tristesse, avec des mots bien choisis, venus du cœur. « J'ai trop souffert. Je m'en remets à vous », dit-il encore avant de s'asseoir, les yeux mouillés de larmes retenues. Le Président hocha la tête, ce n'était vraiment pas un prévenu comme les autres.

L'audition du témoin acheva de renforcer ma confiance. La pauvre employée ne cessa de bafouiller. Certes elle reconnaissait Auguste Montbriseaux, oui elle l'avait vu dans la boutique, peut-être avait-il tripoté les objets en question, peut-être, sans doute, mais elle n'avait plus aucun souvenir de la mallette. Je n'osai, bien sûr, poser aucune question. Le Président remercia très sèchement le témoin, il semblait impatienté. Tout marchait comme je ne l'eusse pas espéré.

Par chance encore, l'avocat de la partie civile ne se présenta pas. Il avait écrit au Tribunal, il s'excusait, il était trop occupé ce matin-là, il avait fait déposer ses conclusions, quatre pages que je dus lire en toute hâte, quatre pages qui racontaient n'importe quoi et demandaient, par ces motifs, deux millions de francs pour dédommager le client antiquaire. Le Président conversa un moment avec ses assesseurs, à voix très basse. Je tendis vainement l'oreille, j'eus peur qu'il ne décidât soudain de renvoyer l'audience à plus tard, mais il se tourna vers le Substitut qui semblait maintenant réveillé, il lui donna la parole, avec des mots presque solennels : « Monsieur le Procureur de la République, le Tribunal vous écoute... »

Durant plus d'un quart d'heure, Monsieur le Substitut fulmina. L'affaire était très claire, trop claire hélas, lumineuse, tristement lumineuse. Auguste Montbriseaux mentait, il se battait misérablement contre l'évidence, nulle place pour le doute. Auguste Montbriseaux était entré dans le magasin, il avait vu les objets, il les avait tenus dans ses mains, il avait pris le temps d'en apprécier la valeur. Monsieur le Substitut avait étudié le dossier, calculé le temps : Auguste Montbriseaux était resté dans le magasin au moins une demi-heure. Personne d'autre, dans ce temps fatidique, n'y était entré. Quand l'antiquaire était revenu les objets n'étaient plus là. Qui pouvait les avoir dérobés ? Le Tribunal n'avait jamais connu d'affaire plus simple. S'il ne condamnait pas en la circonstance, il ne condamnerait jamais plus, et tous les voleurs courraient les rues et les magasins. Fallait-il en dire davantage ? Monsieur le Substitut fit le portrait d'Auguste Montbriseaux, un menteur habile, un menteur professionnel. Le prévenu n'avait bien sûr ni domicile connu ni métier. Il vivait n'importe comment, de l'air du temps, de ses larcins, et sans doute d'autres procédés dont Monsieur le Substitut préférait ne pas parler. C'est vrai qu'Auguste Montbriseaux ne manquait pas de talent. Il volait bien, il se défendait bien, il se moquait de la Justice. Ce pourquoi le Ministère Public était contraint de requérir une peine de prison ferme, entre six mois et un an. Le Substitut s'énerva tandis qu'il parlait. De minute en minute il parut plus convaincu. Il acheva son réquisitoire en demandant qu'un mandat d'arrêt fût aussitôt décerné, car Auguste Montbriseaux, cet habitué des antiquaires, était un danger public. Se tournant vers le prévenu il ajouta, sur un ton de confidence : « Quant à votre famille, Monsieur, elle doit avoir honte de vous. »

Le Président me donna la parole : « Maître, nous vous écoutons. » Ce fut lamentable. J'essayai de prononcer cette plaidoirie que j'avais rédigée, apprise durant la nuit, mais elle ne convenait plus du tout aux circonstances. Ma démonstration était tantôt inutile, tantôt absurde, contredisant les débats. Le pire était le ton, le ton déclamatoire qui révélait un texte récité. Je vis les juges étonnés, le Président se tourna vers l'un, vers l'autre, pour leur confier quelques mots. Il dut leur dire que je plaidais pour la première fois, que l'on devait m'excuser, et ceci me troubla davantage. J'essayai alors d'improviser, je fis allusion au témoignage entendu tout à l'heure, je bafouillai, je revins à mon texte, je ne savais plus où j'en étais, le Tribunal non plus, seul Auguste Montbriseaux assis devant moi, décidément gentil, ne cessait de m'approuver de la tête. Le Substitut affichait un large sourire, il semblait s'amuser. Je vins, pitoyablement, jusqu'à ma péroraison. Je décidai de la changer au dernier moment, de m'accrocher aux grands principes, j'invoquai la présomption d'innocence, je citai Kafka, les juges me regardaient de plus en plus effarés, il était temps que je m'arrête. Je dis encore d'une voix lente, solennelle : « Je jure qu'Auguste Montbriseaux est innocent ». C'était fini. Le Président se pencha en avant, « Maître, me dit-il, le Tribunal vous remercie de votre plaidoirie, mais il n'a pas besoin de votre serment », et il se leva. Les deux juges se précipitèrent pour le suivre, le vieux juge d'abord, puis la jeune juge qui se retourna avant de passer la porte. Il me sembla qu'elle me faisait l'aumône d'un sourire. J'étais assis à mon banc, consterné.

Un quart d'heure plus tard, la porte s'ouvrit brutalement. Les juges entrèrent, très vite, ils s'assirent à peine, le Président appela Auguste Montbriseaux qui s'avança, plus digne, plus triste qu'il n'avait jamais été, « Auguste Montbriseaux, le Tribunal vous relaxe ». J'étais debout, immobilisé par la surprise, par la joie. J'avais fait triompher l'innocence. Auguste Montbriseaux s'était retourné vers moi, il pleurait. Il avait posé sa main sur la mienne, je cherchais un moyen de dire au Tribunal mon admiration, je multipliai des sourires que les juges ne virent pas, je m'inclinai deux ou trois fois avant de quitter la barre, pour exprimer le respect que je portais à une si bonne Justice, mais déjà le Président appelait l'affaire suivante. Nous sortîmes, Auguste Montbriseaux et moi, appuyés l'un sur l'autre. Justice était rendue.

Il me téléphona le soir même. Il me dit, avec des mots émouvants, sa gratitude, son infinie gratitude que la mort même n'éteindrait pas. J'avais très bien plaidé. Je protestai, il insista, ma plaidoirie avait été une magnifique protestation de la jeunesse contre l'injustice. Auguste Montbriseaux était heureux, fier de son pays, il allait maintenant retourner à sa vie paisible, à sa solitude, mais il souhaitait venir me remercier, m'exprimer à nouveau sa reconnaissance, juste un moment. Tous les avocats me parlaient de l'ingratitude ordinaire des clients, mais Auguste Montbriseaux était d'un autre type. Telle avait été ma chance, cette première affaire m'avait permis de défendre un innocent, un homme juste et bon. Je lui donnai rendez-vous pour le lendemain matin à dix heures.

Il vint à dix heures exactement. Un client importun me téléphona au moment même où je devais le recevoir, mais j'avais trop peu de clients pour ne pas les écouter. Celui-ci me raconta ses malheurs conjugaux. Sa femme avait une petite amie, il avait trouvé leur correspondance cachée sous un meuble, sa femme le trompait avec une femme, avec un homme il l'eût supporté, avec une femme cette liaison le déshonorait, il criait, il pleurait, je me désespérai de faire attendre Auguste Montbriseaux. Quand j'ouvris la porte je lui demandai pardon, j'étais confus, désolé. Il m'embrassa longuement, sans un mot. Nous étions aussi émus l'un que l'autre.

Nous passâmes dans mon bureau. Il s'assit en face de moi, je le regardai, si digne, presque beau, son imperméable sur le bras, son gros sac à ses côtés. Il partait se reposer trois jours, en Bretagne, dans la ferme d'un vieil ami. Il pouvait tout me dire maintenant, l'épreuve avait été terrible, au-delà de l'imaginable, il me devait d'avoir tenu. Je voyais, posée sur son sac de voyage, une gerbe de fleurs, dans un joli paquet. Il la saisit tandis qu'il me parlait, il la mit sur mon bureau, il s'excusa : « C'est un geste minuscule... rien qu'un signe... » J'étais bouleversé. Auguste Montbriseaux ne me devait rien, mais il avait pensé à moi, il avait cherché, choisi ces fleurs, porté ce bouquet pour tenter de me faire plaisir. A mon tour je bafouillai ma gratitude, je lui montrai le vase où je mettrais tout à l'heure ces fleurs qui me tiendraient compagnie, qui me parleraient de lui. Il se leva, je me levai, c'était triste de se quitter. Il enfila son imperméable, nous nous embrassâmes et il partit, son gros sac à la main.

Je me remis à travailler, un peu mélancolique, fier de moi malgré tout, fier de mon beau métier au service de la Justice et de la Vérité. Et je commençai de griffonner un long projet de conclusions dans une affaire ennuyeuse à mourir, quand soudain ma mère entra dans mon bureau. Je n'aimais pas qu'elle vînt sans me prévenir. J'étais un avocat, elle devait le comprendre. Elle se jeta sur moi.

« Viens... viens tout de suite... viens voir...

– Voir quoi ?

– Regarde le salon. »

Je la suivis, et je mesurai aussitôt l'étendue du désastre. Des objets de valeur entassés, dans ce salon bourgeois, par trois générations, il ne restait à peu près rien. Seuls quelques objets médiocres continuaient de s'étaler sur les tables, dans les bibliothèques, mais tout ce qu'aimait ma mère avait disparu. « Ce n'est pas possible, gémissait-elle, ce n'est pas possible. » Je la pris dans mes bras, je tâchai de la consoler mais elle pleurait maintenant, « c'est affreux, c'est trop méchant ». Je m'appliquai à la calmer. Je lui promis que je rechercherais tous ces objets volés, que j'allais y consacrer mon temps, ma vie entière.

Je revoyais Auguste Montbriseaux, son grand sac à la main, m'offrant ses fleurs. J'avais eu tort de le laisser attendre. Il était venu me remercier du fond du cœur, il m'embrassait vraiment, sa gratitude était sincère. Simplement il était retourné à sa vie, et sa vie il l'avait retrouvée dans le salon de son avocat. Le temps et l'habitude le pressaient. D'une main il tenait ses fleurs, de l'autre son gros sac, son gros sac qui m'était apparu si lourd quand il l'avait repris, après que nous nous fussions embrassés une dernière fois. Mon innocent était parti le sourire aux lèvres, et son sac à la main. Je n'entendis plus parler d'Auguste Montbriseaux. Mais je n'ai pas cessé de penser à lui. Et de l'aimer bien.

VICTOIRE

Victoire s'occupait des balançoires dans un jardin public. Elle faisait tout. Elle veillait à ce qu'elles fussent toujours belles et bien portantes. Elle veillait sur les files d'attente, empêchant qu'une maman impatiente passât devant l'autre en poussant son petit. Elle installait elle-même les enfants dans les balançoires, les enfants par deux, de taille à peu près égale pour que le mouvement fût régulier, elle n'acceptait un enfant seul que si sa maman acquittait le tarif double et si la file d'attente n'était pas longue. Elle aidait les parents, les grands-parents surtout, à mettre en marche les balançoires, à leur donner de l'élan pour qu'elles montent haut, pas trop haut cependant, puis à les arrêter. Victoire ne cessait de regarder sa montre, et les balançoires, pour qu'aucune ne dépassât le temps prescrit. Elle embrassait les enfants petits, les filles plus facilement que les garçons, elle les félicitait, tous ils étaient formidables sur leurs balançoires. Elle s'efforçait de parler aux mamans, aux papas elle ne l'osait guère mais les papas étaient rares. Elle parlait du temps, des saisons, des arbres tout autour qui commençaient de perdre leurs feuilles, et des enfants bien sûr, plus charmants les uns que les autres. Parfois elle parlait aussi des balançoires, on devrait bientôt les repeindre, une ou deux vieillissaient. Tous les clients appréciaient Victoire, elle faisait bien son métier, toujours souriante, jamais fatiguée. Le soir, elle fermait les grilles et la cabane où elle s'abritait quand il pleuvait. Elle allait porter la caisse au patron qui tenait un grand café, bien fréquenté, dans une rue voisine. Le patron comptait les billets et les pièces. Quand les recettes baissaient, il réprimandait doucement Victoire. Il eût souhaité qu'elle fût plus dynamique, qu'elle persuadât les mamans qui s'approchaient, qui hésitaient, qui s'éloignaient parce que les balançoires risquaient d'être dangereuses ou de donner mal au cœur aux enfants. Si les recettes montaient, il ne disait rien, car il savait que les compliments gâchaient le personnel. Il remettait à Victoire dix pour cent de la recette, de quoi vivre comme elle vivait, de quoi payer sa chambre à l'autre bout de Paris, au sixième sans ascenseur, de quoi manger convenablement. Victoire était contente de son sort, joyeuse même quand elle allait au cinéma, une fois par mois. Elle ne fréquentait personne, mais elle voyait tant de monde dans le jardin public, tout au long de la journée. Remontée dans sa chambre, le cœur très battant, elle se faisait cuire ses œufs, trois œufs sur le plat, chaque jour, elle aimait les œufs plus que tout, et elle buvait un verre de vin, elle savait qu'elle avait tort, mais son patron lui en offrait deux caisses au moment de Noël, et elle s'était habituée. Elle y prenait même un peu de plaisir. Victoire dormait bien, Victoire n'était jamais malade, jamais de mauvaise humeur, simplement elle n'aimait pas la pluie, ni le métro, elle aimait ses balançoires. Elle les contemplait, le soir, vides, immobiles, déjà ensommeillées. Elle aimait les arbres autour d'elle. Elle aimait que le soleil vînt lui tenir chaud, et que les gens veuillent bien lui sourire, à elle qui leur souriait tant.

Ses parents l'avaient appelée Victoire, parce qu'elle était née le 11 novembre, quelques années après la victoire. Ils étaient boulangers dans un village d'Auvergne, si bons boulangers que l'on venait des villages voisins acheter leur pain et surtout leurs tartes, ils vendaient d'excellentes tartes sans être pâtissiers. Le père avait fait la guerre, comme tous les hommes au village, bien fait la guerre tandis que la mère avait tenu la boulangerie. Il était revenu, il s'était remis au travail, mais il était fâché car on ne lui avait donné aucune décoration alors qu'il avait accompli plusieurs exploits. Les décorations étaient remises au hasard, le village comptait deux décorés qui n'avaient fait que bien se débrouiller. C'est pour se consoler de ces épreuves que le boulanger et la boulangère décidèrent d'avoir un enfant. Jamais ils n'avaient voulu d'enfant, car les enfants n'apportaient que des soucis, les enfants coûtaient cher et l'avenir de la boulangerie restait incertain. Mais quatre ans de séparation, la guerre, la victoire pouvaient avoir changé quelque chose. La boulangère voulait contenter son mari, décidément très contrarié, elle lui proposa un enfant. Il s'étonna, puis il accepta, pour voir. Ainsi fut faite Victoire, ainsi naquit une fille, et cette malchance les éprouva rudement.

Victoire fut élevée le moins possible. Peu de soins, peu de temps, juste ce qu'il fallait pour qu'elle fût propre et silencieuse. On la mit à l'école parce qu'on ne pouvait faire autrement. On la retira quand elle eut dix ans. Victoire devait apprendre un métier, or elle n'était douée pour rien. « Elle ressemble à ta mère », disait la boulangère à son mari. « Elle te ressemble, lui répondait-il, elle touche à tout et fait n'importe quoi. » Victoire ne cessait de les agacer tous les deux, c'est sûr qu'ils avaient eu tort d'avoir un enfant, mais ce n'était pas une raison pour que Victoire leur gâchât la vie. Ils ne supportaient pas qu'elle pleurât, ni d'ailleurs qu'elle rît, car il n'y avait pas de quoi rire, la vie ne cessait de devenir plus difficile et la boulangerie de moins rapporter. Le père n'en pouvait plus d'avoir fait la guerre, de se donner tant de mal, d'être un si bon boulanger sans que personne ne lui fît de grands compliments, pas même sa femme. Il devenait acariâtre et susceptible, il buvait pour se sentir mieux. La mère travaillait de plus en plus, elle soignait la maison, la boulangerie, les repas, et son mari qui exigeait toujours davantage, elle dormait mal et se levait très tôt. Alors elle décida que Victoire deviendrait son employée, quelque chose comme son employée. Victoire ferait le ménage, et la cuisine, elle laverait et repasserait et repriserait, elle ferait tout hors le pain et les tartes qu'elle était incapable de faire. Ainsi la petite soulagerait-elle ses parents, et elle apprendrait un métier.

Victoire apprit donc son métier. Elle était douée pour le ménage, moins pour la cuisine, elle travaillait tous les jours, et encore la nuit quand ses parents dormaient, elle surveillait chaque détail pour que la maison fût impeccable, oui ce métier lui convenait et les parents furent contents d'elle. Ils lui conférèrent même quelques tâches dans la boulangerie, surtout du nettoyage, mais ils remarquèrent peu à peu que Victoire se fatiguait, qu'elle semblait rêver, que parfois elle faisait la tête. Par surcroît, elle commençait d'avoir des seins. Les soucis allaient venir. Encore un an ou deux, et Victoire se prendrait pour une femme. Les parents discutèrent, ils en parlèrent à quelques-uns qui avaient connu les mêmes épreuves, ils consultèrent le curé, et ils prirent la décision qui s'imposait à eux : Victoire irait chercher du travail à Paris.

Le père l'accompagna au train. Il lui expliqua que ses parents avaient fait pour elle tout ce qu'ils devaient, le possible et l'impossible. Elle avait quinze ans maintenant, le temps était venu qu'elle gagnât sa vie, qu'elle se prît en charge. A Paris, on trouvait du travail comme on voulait. Elle avait un vrai métier, elle n'aurait donc aucun problème. Il lui laissa pourtant un peu d'argent, de quoi vivre deux mois, lui expliqua-t-il, en faisant attention. Sur le quai de la gare, il lui sembla que Victoire pleurait, mais les filles pleuraient vite, elles ne faisaient pas la guerre. Quand le train se mit en marche, Victoire envoya des baisers à son père, par la fenêtre ouverte. Il lui fit des signes de la main. Après tout, ce n'était pas si bête d'avoir eu un enfant. Ils ne se revirent jamais.

Victoire ne connaissait rien à la ville. Elle resta tout près de la gare. Les premiers jours elle y dormit, la nuit, sur un banc tranquille. Elle alla de boulangerie en boulangerie, on la trouvait trop jeune, et trop embarrassée, et sans référence. Mais le père avait eu raison, il y avait tant de monde à Paris que Victoire ne mit pas un mois à trouver du travail, chez la cliente d'une boulangère, une très vieille dame qui n'en finissait pas de choisir ses croissants, et qui cherchait une femme de ménage inexpérimentée, très jeune, capable d'être formée et mal payée. Victoire lui plut, elle venait de la campagne, elle avait l'air propre et prude, rien de l'allure dévergondée des adolescents de la ville. Victoire jura qu'elle travaillerait tous les jours, même le dimanche, et qu'elle ne fréquenterait personne. La vieille dame l'embaucha. Ainsi Victoire devint-elle fille de ménage. Elle le resta plus de vingt ans.

Elle ne laissait traîner aucune poussière, aucune tache, elle ne cessait de surveiller tous les meubles, tous les objets, même une ombre pouvait l'inquiéter. Elle nettoyait à merveille, n'arrêtant pas de vérifier qu'elle avait bien nettoyé. Ce qu'elle aimait par-dessus tout, c'était faire la vaisselle. Quand elle avait fini de laver une assiette, elle la lavait à nouveau, pour être sûre que ne subsistât pas la moindre étrangeté. Puis elle la regardait longuement, d'un regard heureux. Les verres, elle les essuyait cinq ou six fois avant de les porter vers le ciel, comme une hostie, pour les admirer. Elle les rangeait très doucement, veillant à ce qu'ils ne se heurtent jamais, et qu'ils soient heureux ensemble sans risquer de se déranger. Ainsi faisait-elle toutes choses, et la lessive, et le repassage, peut-être perdait-elle beaucoup de temps à force d'être méticuleuse, mais ses patrons semblaient satisfaits. Une femme de ménage comme Victoire, on n'en trouvait plus dans ces temps lamentables. En vingt ans elle fut cinq fois placée, jamais congédiée. Seuls les hasards ou les tristesses de la vie auxquels étaient soumis ses patrons l'obligèrent à changer de maison, ou de rue. Mais Victoire était irréprochable, on se passait son nom, par surcroît on la payait très peu, mais cela n'importait guère. Elle était heureuse pourvu qu'elle travaillât.

Victoire était heureuse à sa manière, car le bonheur ne lui disait rien. Il ne la concernait pas. Elle aimait son travail, elle avait une chambre pour dormir, que pouvait-elle espérer d'autre ? Elle eut vingt ans, puis vingt-cinq, puis trente, elle ne comptait ni les jours ni les années, elle redoutait un peu le dimanche, car on ne voulait pas qu'elle travaillât l'après-midi. Au mois d'août, on lui confiait les clefs, elle continuait de nettoyer, mais il lui manquait la vaisselle à faire, alors elle lavait les assiettes propres, et les verres, sachant que la poussière vient vite l'été par les volets clos. Quand elle marchait dans la rue, personne ne la regardait. Elle ne regardait personne. Elle était très petite, peut-être mignonne, un peu grasse au-dessous de la taille, pas question qu'elle connût un garçon, elle savait qu'aucun garçon ne s'intéresserait jamais à elle, mais elle ne s'en souciait guère. Pas question non plus qu'elle fréquentât une fille, Victoire ne se sentait pas capable d'avoir une amie, de l'inviter dans sa chambre, d'échanger plus que quelques mots. Victoire aimait tout le monde. Elle n'arrêtait pas de sourire, d'approuver de la tête, de remercier. Si elle avait osé, si elle avait pu, elle serait retournée au village, pour saluer ses parents. Mais elle avait peur de les fâcher, peur de prendre le train, peur de tout, sauf de travailler.

N'allez pas en déduire que Victoire était malheureuse, ou triste, ou renfrognée. Elle n'aimait pas que son travail, elle aimait tout ce qui entourait son travail et ne le dérangeait pas. Elle aimait une chemise qu'elle lavait, une moquette sur laquelle elle passait l'aspirateur. Elle aimait marcher dans la rue sans connaître personne, pour aller de chez elle à son travail et de son travail à chez elle. Elle aimait les tartelettes, non plus les tartes de son père, juste les tartelettes, aux cerises ou aux pommes. Tous ceux qui employèrent Victoire, tous ceux qui la rencontrèrent dans l'escalier et dans la rue, pourraient attester qu'elle était contente, que le travail bien fait la remplissait de joie, et même qu'elle s'amusait de rien, de caresser un chat, de prendre un arbre dans ses bras, ou de dévorer une tartelette en marchant dans la nuit.

Victoire fut si laborieuse qu'elle connut une promotion. Elle fut embauchée pour garder des enfants. Pendant près de dix ans, elle se consacra à ce nouveau métier, et l'on sut bientôt, dans le quartier, que personne ne gardait les enfants aussi bien qu'elle. Elle en gardait le jour, elle en gardait la nuit. Le jour, elle ne les quittait pas du regard, la nuit, elle refusait de dormir pour les surveiller à tout instant. Elle plaisait aux parents, et aussi aux enfants, car elle savait les faire jouer, et les embrasser, pas plus qu'il ne faut. Il est vrai qu'elle ne savait pas les faire rire. Victoire n'était pas drôle, mais ceci ne comptait pas. Elle accomplissait bien sa tâche et elle gagnait sa vie. Des enfants, elle en garda trente ou quarante, et certains plusieurs années, des tout-petits et des plus grands. Elle savait qu'elle n'avait pas le droit de les aimer, c'est pourquoi elle ne les aimait pas. Soudain c'était fini, on la remerciait pour tant de dévouement, elle avait tant de qualités qu'elle trouverait sans peine d'autres enfants à garder, elle partait. Pas question qu'elle pleurât, ni que le petit pleurât. Elle l'embrassait une dernière fois. Pas question de se revoir. Son travail, c'était de garder les enfants, ce n'était pas de les aimer, et elle n'aimait que son travail.

Elle devait avoir à peu près quarante ans, quand elle rencontra la chance, la chance et les balançoires. Elle fut embauchée par le papa du petit Gustave, l'insupportable Gustave dont elle s'occupait fort bien. Le papa cherchait quelqu'un pour surveiller ses balançoires. Le dévouement de Victoire ferait sans doute merveille. Ce fut son troisième métier. Elle fut meilleure encore que dans les précédents, car elle avait acquis de l'expérience, elle avait appris à échanger quelques mots et à bien sourire. Surtout les balançoires l'obligeaient à vivre dehors. Or Victoire aimait les arbres à toutes les saisons, plus encore l'hiver quand ils étaient transis de froid, ils avaient froid avec elle, elle pensait qu'ils la protégeaient. Victoire continua de ne fréquenter personne, de ne faire que travailler, et dormir un peu. Plusieurs fois elle avait écrit à ses parents : « Chers parents, je vous souhaite un bon Noël », mais elle n'avait jamais reçu de réponse. Elle s'y attendait. Peut-être étaient-ils partis. Peut-être ne voulaient-ils plus entendre parler d'elle. Cela n'empêchait pas Victoire d'être heureuse. Les balançoires lui demandaient tant de soins, tant de peine, une très douce peine, qu'elle n'avait pas le temps de s'ennuyer. Simplement Victoire vieillissait. Ses cheveux étaient gris, son visage et ses mains ridés. Elle se fatiguait plus vite. Elle dormait de moins en moins, mais elle ne s'en apercevait pas. Les balançoires occupaient trop sa vie. Victoire aimait trop son travail pour apprendre qu'elle vieillissait.

Un soir, son patron la convoqua. Elle avait soixante ans maintenant. Son patron n'avait aucun reproche à lui faire, personne, jamais, ne s'occuperait des balançoires aussi bien qu'elle, mais Victoire vieillissait trop. Les mamans et les petits risquaient d'en être contrariés, car les balançoires exigent la jeunesse. Le patron était désolé. Il lui donna une bonne indemnité, beaucoup plus, lui précisa-t-il, qu'elle n'aurait pu demander. Il la remercia, elle le remercia, il l'embrassa. Elle n'avait embrassé aucun homme depuis qu'elle avait quitté son père, sur le quai de la gare.

Plusieurs mois Victoire resta enfermée chez elle. Elle n'aimait plus rien, elle ne vivait plus. Elle n'accomplissait plus que les gestes apparents de la vie, elle se couchait, elle se levait, elle mangeait, elle lavait et faisait le ménage. Elle ne sortait que pour acheter de quoi se nourrir un peu. Elle avait assez d'économies pour que cela durât, mais que cela durât ne servait plus à rien. Victoire ne pouvait vivre sans aimer.

Un jour, Victoire se résigna à acheter une poupée, une poupée presque grande comme un enfant, vêtue de crinoline blanche, coiffée d'un ravissant chapeau, une poupée qui parlait quand on la prenait dans ses bras. Victoire aima sa poupée. Tout le jour elle la surveillait, elle la nettoyait, elle lui donnait à boire. La nuit, la poupée se couchait près d'elle, dans un berceau, et Victoire ne dormait pas tant que la poupée ne s'était pas endormie. Victoire l'emmenait chez le boulanger, chez l'épicier, elle ne pouvait la laisser seule. On les regardait étrangement. Le temps passa, la poupée ne grandit pas. Elle avait mauvaise mine et Victoire semblait de plus en plus préoccupée. Quelques semaines Victoire ne sortit plus de chez elle. Puis on la revit seule. Sa poupée était morte. Personne n'osa lui en parler.

Alors Victoire aima un chat, un chat venu d'on ne sait où, qu'elle ramassa dans la rue. Ils vécurent ensemble quelques années. Elle lui donna tout son temps, et plus de soins encore qu'aux balançoires. Dans la rue, elle le tenait dans ses bras, comme autrefois sa poupée. Chaque jour elle l'emmenait au jardin, pas au jardin des balançoires, car elle ne voulait revoir personne, ni ses parents ni ses balançoires, mais un autre jardin très tranquille, protégé par de grands arbres. Elle s'asseyait sur un banc, elle passait des heures à caresser son chat, ils s'embrassaient sans arrêter. Rentrés chez eux, ils recommençaient. Mais ils vieillissaient tous les deux. Un jour Victoire sortit sans lui.

Elle avait les cheveux tout blancs, elle était courbée par l'âge, elle marchait de plus en plus mal, quand elle aima un jeune comptable, qui habitait un studio dans le vieil immeuble où elle avait sa chambre, un comptable un peu mélancolique qui ne parlait à personne, partait tôt et rentrait très tard, un comptable qui probablement ne faisait que travailler. Victoire lui donna sa vie, ce qu'il lui restait de sa vie. Jamais elle n'osa lui adresser la parole. Jamais, peut-être, il ne la remarqua. Elle se levait, très tôt le matin, avant lui, elle descendait dans la rue, elle se plaçait sous une porte, une porte qu'elle avait soigneusement choisie, d'où elle pouvait voir et rester cachée, elle attendait qu'il passât, elle le regardait qui s'avançait dans la rue, qui marchait jusqu'à la station d'autobus. Le soir, elle guettait son retour, elle se dissimulait dans un recoin de l'escalier, elle le voyait monter ses deux étages, il les montait si bien, il était si beau, si décidé. La nuit, elle se relevait. Elle allait jusqu'à la porte du studio où dormait le comptable, bien sûr elle avait peur qu'il ne surgît soudain, ou qu'un voisin ne la découvrît dans cette position, agenouillée, l'oreille collée à la porte. Elle aurait tant voulu l'entendre parler, l'entendre respirer, l'entendre dormir, elle n'entendit jamais rien, mais elle l'imaginait dans ses draps. Parfois elle achetait de quoi faire un beau repas, elle gaspillait ses économies. Sur sa table elle installait une nappe blanche, et deux assiettes qu'elle avait lavées plusieurs fois et frottées avec un soin infini, et quatre verres en cristal qu'elle nettoyait tous les quarts d'heure pour que la poussière n'eût pas le temps de s'approcher, et des couverts qu'elle faisait briller, aidée de nombreux chiffons. Elle attendait que son comptable vînt. Elle l'attendait toute la nuit, car il dormait sans doute, mais il viendrait peut-être. Elle s'endormait. Ils étaient debout, tous deux, dans sa balançoire préférée, ils joignaient leurs efforts pour prendre de l'élan, ils se souriaient, elle avait peur, elle l'appelait au secours, il la rassurait, ils riaient ensemble, la balançoire montait de plus en plus haut et soudain elle se décrochait, ils étaient projetés vers le ciel, il tenait Victoire dans ses bras. Souvent au petit matin, quand elle se réveillait, assise à sa table, la tête couchée sur son assiette, elle croyait qu'il était venu. Elle était heureuse.

Un matin, le comptable s'en alla. Il avait trouvé du travail en province. Victoire partit à sa recherche. On ne l'a pas revue.

L'IMMORTEL

Raymond, je l'avais connu au lycée, l'année du bac. Il était le meilleur en tout, en grec, en mathématiques, en histoire, en dessin, le premier à toutes les compositions. Il courait très vite, il jouait bien du piano, il était toujours en forme. Quand nous arrivions au lycée, fatigués, déjà courbés par le travail et les soucis, il nous tapait violemment sur l'épaule pour nous redresser. « Il faut être en forme », me répétait-il. Il semblait préoccupé que je le fusse si peu.

Nous avions à peu près quarante ans quand je le retrouvai, par hasard, sur les quais de la Seine. Il eut de la peine à me reconnaître. Je lui racontai ma vie, il me raconta la sienne. Ses deux parents étaient morts l'an passé, chacun de son cancer. Leur perte avait été pour lui une épreuve, quoiqu'il ne les aimât guère. En outre il avait été malade, pour la première fois depuis bien des années, une sale grippe doublée d'une angine, qui avait duré près de deux mois. Maintenant il était remis, très bien remis, il ne serait plus malade. « Il faut être en forme », me redit-il. Je le regardai avec étonnement. Raymond n'avait pas pris une ride, pas pris un jour, il était aussi beau qu'il y a vingt-cinq ans, aussi dynamique. Il était devenu, me dit-il, cadre dans une entreprise de béton, un métier passionnant qui exigeait une forme parfaite. Raymond avait décidé de ne jamais se marier. « Dès qu'on les épouse, elles vous mangent », m'expliqua-t-il. Il n'avait pas d'enfant, ni de chien, ni de chat, car tout ce qui vit avec vous ne fait que vous user. « C'est dommage, soupira-t-il, mais pour rester en forme, il faut des sacrifices. »

Je ne sais pourquoi nous nous revîmes, peut-être parce qu'il me prodiguait d'utiles conseils, qu'il me recommandait de m'occuper de moi – « Laisse tomber les autres, me conseillait-il, ils te mènent au tombeau » –, peut-être parce qu'il savait rire. Il éclatait de rire au bout de chaque phrase, comme pour prendre l'air. Je devins peu à peu son confident, son seul confident me dit-il, peut-être son ami, mais il ne tenait pas à l'amitié. Sa forme exigeait une vraie solitude. Nous déjeunions ensemble une fois par trimestre. Il me parlait de lui. Parfois je l'écoutais, parfois je hochais la tête pour feindre d'écouter.

Longtemps Raymond s'était cru éternel. La mort n'était pas faite pour lui. Elle en concernait d'autres que lui, nés autrement, plus malchanceux, mais lui n'était pas né pour mourir. S'il devait mourir il ne serait pas né. Il était sûr que son destin était exceptionnel, ce n'était pas du tout prétentieux de croire cela, ce lui semblait évident qu'entré dans la vie il ne pouvait pas en sortir. La mort de ses parents n'y avait rien changé. Il les avait regardés, son père, sa mère, chacun dans son cercueil. Il avait été chagriné un peu, révolté surtout, car il admettait mal cette lamentable conclusion. Il eût aimé défendre la cause de tous ces condamnés devant Dieu, devant n'importe qui, mais il n'y pouvait rien, ses parents devaient mourir, non lui.

Raymond n'était pas concerné par la mort, et il ne voulait pas être malade. Toute maladie lui paraissait intolérable, faite pour des temps révolus. Dans son entreprise de béton on détestait les maladies, et les congés maladies, et Raymond ressemblait à son entreprise, il ne supportait pas les gens fatigués, fiévreux, souffrants de quelque part. Pour n'être pas malade, m'assurait-il, il suffit de le décider. Dès la fin de ses études, il avait choisi d'être toujours en bonne santé, et dans sa meilleure forme. Chaque matin, il consacrait une demi-heure à la gymnastique, puis une autre demi-heure, le soir, quand il rentrait du bureau. Ce bureau, il s'y rendait à pied, il en revenait à pied, six kilomètres par jour, pour se bien porter. Raymond ne fumait pas. Raymond ne buvait pas d'alcool, rien que de l'eau minérale, la meilleure des eaux minérales, deux litres d'eau par jour, trois litres durant les mois d'été. Raymond ne fréquentait que des femmes très saines, présumées très saines. Pour faire l'amour, il accumulait les précautions, avant, pendant, après, il agaçait un peu ses amies à force de prudence, mais elles lui pardonnaient généralement car il faisait bien l'amour, très peu de temps, très peu souvent, mais bien. L'hiver il était au ski, quinze jours. Au mois d'août il nageait, quinze jours aussi, sans se forcer, avec application et intelligence, afin que travaillât tout son corps. Chaque dimanche, Raymond jouait au tennis, une heure en simple, une heure en double, pour habituer son cœur à des rythmes différents. Le mardi et le samedi, il se faisait masser. Le jeudi, il était chez l'acupuncteur. Il voyait deux médecins par mois, un généraliste, toujours le même, et un spécialiste variable pour vérifier que tout allait bien. Enfin il prenait, par précaution, matin, midi et soir, trois médicaments pour soigner n'importe quoi, un rhume qui pouvait s'approcher, un semblant de migraine, une douleur au ventre. Il y ajoutait des vitamines diversifiées, et un médicament mystérieux pour soigner l'effet de tous les traitements. Le résultat était que Raymond se portait à merveille, jamais malade, jamais tendu, que tous au bureau admiraient cette forme exceptionnelle, ce corps souple, dur, rapide, ce visage toujours reposé. Il aimait, me confia-t-il, le compliment des femmes, « tu es si beau », « tu es si jeune », « tu as un corps d'enfant », et plus encore celui de ses amis, « Raymond, tu ne vieillis pas », « Raymond, dis-moi le secret de ta forme ». Raymond n'avait aucun problème. Il gagnait bien sa vie. Son travail l'intéressait. Son appartement était clair, propre, et ses fenêtres s'ouvraient sur des arbres. Jamais sa voiture blanche n'était tombée en panne, mais il s'en servait peu. Que le monde fût misérable et souffrant, Raymond le regrettait vivement, mais il tenait le malheur à distance de lui. Raymond ne mourrait pas. Raymond n'était jamais malade. Que pouvait-il attendre de mieux ?

Et voici que lui était venue, peu à peu, au fil des hivers, l'idée qu'il risquait peut-être de mourir un jour, comme les autres. Ce n'avait d'abord été qu'une vague hypothèse, dont un accident avait fait un vrai souci. Au carrefour de deux nationales, une voiture, conduite par un fou, avait brûlé un stop et s'était jetée sur la sienne. Sa belle voiture blanche avait été réduite en miettes, lui éjecté, indemne, à peine embarrassé de quelques contusions, mais cet accident l'avait préoccupé. Raymond en avait aussitôt déduit qu'il devrait désormais se passer de voiture, car la voiture et la mort étaient sinistrement accouplées. Mais Raymond ne cessa plus de s'interroger, pour savoir s'il aurait pu mourir en la circonstance. Il se remémora son accident des centaines de fois. Il en perdit quelques mois le sommeil. Il fut soucieux au point d'attraper plusieurs rhumes. Tout cela le tourmenta, lui vola des morceaux de sa joie. Il dut voir son généraliste deux fois par semaine, l'acupuncteur presque tous les jours. Il se mit à réfléchir beaucoup plus qu'il n'y était habitué. A son bureau on le trouva distrait, presque absent. Sans doute était-il amoureux. Raymond comprit jour après jour qu'il s'était trompé, lourdement trompé, et que la mort ne lui était pas interdite. Elle pourrait venir à lui. Il devait l'en empêcher.

C'est le jour de ses cinquante ans que Raymond prit la décision de ne pas mourir. Il m'en fit part, le lendemain, lors de notre habituel déjeuner. J'avais, en cachette, demandé au restaurateur de préparer un gâteau d'anniversaire, et d'y poser une bougie. Il fut surpris, heureux. Nous fredonnâmes ensemble « Happy birthday to you ». Quand la fête s'acheva, il me confia sa résolution. Il me signifia qu'il avait décidé de ne pas mourir, que sa décision était irrévocable, et qu'il ne mourrait jamais.

Je lui présentai, doucement, quelques objections. La mort ne risquait-elle pas de venir, par hasard, ou par bêtise, ou simplement, au bout du chemin ? Il me répondit que je n'y comprenais pas grand-chose, que, sans doute, pour ne pas mourir, il devrait se donner beaucoup de mal, mais que rien ne se fait sans mal. Il reprit trois fois du gâteau, pour me faire plaisir, et je lui dis en riant que l'on pouvait mourir d'indigestion. Je bus à sa santé, il but à la mienne. Je lui demandai si je pourrais tenter à mon tour de vaincre la mort en suivant son exemple. Il sourit gentiment, il se tut, il pensait sans doute que je n'en étais pas capable. Il me regardait avec une aimable pitié, comme on regarde un mort vivant.

Alors commença son combat contre la mort. Raymond partit s'enfermer quinze jours en Bretagne, dans un hôtel au bord de la mer, pour nager et réfléchir. Il en revint son programme en poche, prêt pour l'action. De la mort ou de lui, l'un des deux serait vainqueur. Mais tout pouvait servir d'occasion à la mort. Elle était maligne, hypocrite, elle usait de tas d'astuces. Raymond serait désormais vigilant, jour et nuit, il ne laisserait pas à la mort la plus petite chance. Il devait donc bouleverser sa vie.

Il travailla tout autrement. Jamais il n'avait ménagé sa peine, il avait donné à son entreprise de béton tout le temps qu'elle lui demandait, restant tard le soir, revenant au bureau le samedi matin, il mit fin à tous ces excès. Il décida de ne plus travailler que sept heures par jour, six serait mieux encore, et de solliciter tous les congés possibles, tous ceux que le droit social avait imaginés, de feindre même d'être malade pour rester bien portant. L'entreprise de béton fut étonnée. Le directeur des relations humaines le convoqua. « Mon cher ami, vous m'inquiétez un peu... vous avez changé... on dirait que vous êtes malade. » Ce directeur était fait pour mourir, il tomberait d'un coup, tué par un infarctus, dans son bureau, comme un bon directeur, toujours surmené, toujours promu. Raymond confirma qu'il était malade, d'une maladie étrange, à évolution lente et qui l'obligeait à se ménager. « Ce n'est pas un cancer ? » s'inquiéta le directeur. Raymond hocha la tête, de haut en bas, de gauche à droite, il resta énigmatique. Il en profita pour confier à son directeur qu'il demanderait sa retraite anticipée, dans quelques années s'il se pouvait, ou dans quelques mois. « Dans quelques années, objecta le directeur, nous serons peut-être morts tous les deux. » Il voulait détendre l'atmosphère, mais Raymond resta muet, il n'osait pas dire ce qu'il savait, que le travail était néfaste, qu'il portait la fatigue, le stress surtout, le stress qui abîmait le cœur et la tête, que le travail détruisait la vue, et qu'il courbait le dos, et qu'il esquintait la nuque, et qu'il compromettait la circulation du sang dans les veines. Le travail était un familier de la mort, et la vie de Raymond n'était plus qu'un implacable combat contre la mort, et contre tous les amis de la mort.

Si Raymond n'avait jamais fumé, jamais bu, il mangeait volontiers. Il aimait les viandes et les gâteaux, et les sauces surtout, toutes les sauces, les sauces épaisses, les sauces jaunes, ou marron, ou presque noires. Il décida de renoncer aux sauces, puis aux gâteaux, puis aux viandes, puis à tout. Il lut, et découpa tous les livres qui enseignaient comment se nourrir sans vieillir, ni mourir. Quand nous nous revîmes, quelques mois plus tard, dans ce même restaurant où nous avions fêté ses cinquante ans, Raymond ouvrit sa serviette de cuir, il avait apporté son repas, un repas fait de rien et préparé avec un soin méticuleux. « Toutes ces nourritures sont mortelles », me dit-il, me voyant composer mon menu. Il eut peur de m'avoir froissé. Il consentit une exception amicale et prit au dessert quelques fraises qu'il savoura lentement, très lentement, pour tâcher d'en atténuer les dangereux effets. Il m'annonça qu'il avait décidé d'abandonner son travail, et qu'il était sûr maintenant de vaincre la mort. Il me demanda aussi quelques renseignements sur les diverses déclarations des Droits de l'Homme, et sur les associations de la loi de 1901. C'est que son combat contre la mort, il ne voulait plus le mener seul. Il voulait en faire une lutte collective. Il voulait que chacun comprît désormais que la mort était non seulement une ignominie, mais une lâcheté, une sottise, un dogme pour des temps anciens. Il me demanda si j'étais prêt à m'engager à ses côtés. J'invoquai mon âge, mes occupations, ma fatigue. Il admit mon refus. « Toi, c'est autre chose, me dit-il, toi, ça t'amuse de mourir. »

Raymond devint un militant, un courageux militant. Il fonda l'Association Contre la Mort, qui assembla très vite des foules d'adhérents. L'Association était ouverte à tous ceux qui ne voulaient pas mourir, quels que fussent leur âge, leur profession et leur état de santé. Elle devait d'abord encourager toutes les actions conduites contre la mort, ce qui obligeait à des combats très disparates. L'Association militait pour la suppression des voitures et des guerres, elle encourageait à la réduction des rapports sexuels, enfin elle désapprouvait la misère, toutes les formes de misère, car la misère conduisait volontiers à la mort. Mais l'objectif essentiel de l'Association était le grand combat mené, dans chaque démocratie, pour que fût enfin proclamé le

Droit à l'Immortalité, en article premier de chaque Déclaration des Droits. Raymond ne supportait plus que l'on se contentât de ce Droit misérable à la « Santé », déjà reconnu par plusieurs Déclarations, il affirmait que la santé n'avait de sens et de goût que sous la condition d'être une victoire sur le chemin de l'immortalité. Raymond avait mission de faire triompher le Droit suprême. La mort, assurait-il, n'avait été qu'un moment du destin de l'Homme.

Mais Raymond dut bientôt passer l'Association à d'autres. C'est qu'elle exigeait du temps, du travail, elle l'épuisait. Il me confia qu'elle risquait, s'il n'y prenait garde, de le conduire à la mort. Il publia, le jour de ses soixante ans, son ouvrage resté fameux sur *l'Immortalité et les moyens d'y parvenir*. Traduit dans toutes les langues, le livre connut un grand succès. Raymond m'expliqua que les voitures roulaient moins vite, que les guerres se faisaient plus rares, et les vieillards de plus en plus nombreux. La mort n'était pas loin d'être vaincue. Alors Raymond décida qu'il avait rempli sa tâche. Il ne ferait plus que savourer son immortalité.

J'allais voir Raymond, le premier dimanche de chaque mois, dans cette maison normande au fond de la campagne où il s'était retiré, pour échapper à la notoriété et pour mieux respirer. Il n'avait plus, m'expliqua-t-il, que deux problèmes à traiter, celui des femmes, et celui de Dieu. Celui des femmes, il l'avait à peu près résolu. Il savait qu'elles étaient porteuses d'un peu de plaisir, mais de beaucoup de soucis et de maladies, tout ce qui conduit à la mort. Raymond avait toujours souhaité que l'Association Contre la Mort restât ouverte aux femmes, mais il voulait qu'elles y apprennent, elles aussi, à détester la mort, à subir, avec méthode et conscience, tous les examens nécessaires à l'amour, à ne pas fatiguer leurs amis, à ne jamais rien leur demander, à ne jamais rien attendre d'eux, afin qu'ils restent vraiment vivants. Chacun saurait bientôt, m'annonça-t-il, que l'amour n'était rien, juste quelques brasses dans la mer, une descente de ski, un repas diététique, rien qui doive porter à la mort. Raymond me confia que, depuis longtemps, il ne fréquentait plus aucune femme. Il ne voyait qu'une vieille paysanne, sa voisine, qui venait faire son ménage. Il lui parlait beaucoup pour la persuader de ne jamais mourir. Elle semblait ne pas comprendre.

Sur Dieu, Raymond hésitait encore. Il lui reprochait à peu près tout, que l'Homme fût parfois malade, qu'il fût contraint de mourir, et que tant de boniments lui eussent été enseignés pour le faire consentir à la mort. Raymond ne supportait pas ce semblant de vie éternelle passée sur un nuage, à contempler Dieu, à l'adorer au motif qu'il était le seul à ne pas mourir. Parfois il eût rêvé de prier, de supplier Dieu qu'il renonçât à la mort, de l'implorer afin qu'il changeât tout son système, que l'on naisse vieux et que l'on vieillisse jeune, jeune éternellement. A chacune de mes visites, Raymond me tenait des discours plus étranges. Il me parut qu'il délirait, ou qu'il devenait un philosophe. « La seule mort qui me réjouirait, me dit-il, c'est la mort de Dieu. » Il m'expliqua que Dieu seul pouvait mourir puisqu'il n'était pas né. Je ne compris pas bien. J'embrassai mon ami. Je lui promis de revenir vite.

Raymond vit à peu près enfermé dans sa maison, d'où il ne voit que des champs et des vaches, des vaches qui mourront sans doute. Il a coupé le téléphone. Le téléphone le stresse, le téléphone risque d'apporter de mauvaises nouvelles, mauvaises pour le cœur, il est un complice de la mort. La dernière fois où je l'ai vu, Raymond m'a dit qu'il ne voulait plus d'aucun médecin, car les médecins font semblant de lutter contre la mort, mais ils la fréquentent, ils la prennent en considération, ils consacrent son règne en la retardant. Il m'a dit qu'il recevait, une fois par semaine, une tireuse de cartes qui vérifiait chaque fois son immortalité, et un guérisseur, venu d'un village voisin, qui lui mettait les mains sur le front, la tête sur le ventre, et qui lui caressait doucement les pieds. Il lisait un peu, très peu, car les livres ne savaient plus parler que de la mort. Il faisait des tas de projets pour le troisième millénaire, tant il était sûr, maintenant, d'avoir vaincu la mort. Jamais elle n'oserait se présenter dans sa maison normande, ni demain, ni dans un million d'années. Mais il pensait aux autres, à tous ceux qui n'avaient pu mener son combat, et que la mort risquait de prendre pour se venger de lui.

Quand il me raccompagna à la porte, il me suggéra que nous fassions ensemble, un jour ou l'autre, un voyage sur la Lune, ou sur la planète Mars, ou ailleurs. Il s'exalta, il me décrivit chaque étape de notre aventure. Soudain, il se reprit : « A moins, bien sûr, que tu ne sois mort... » Nous avons ri tous les deux. La nuit venait, je partis. Il agitait son bras pour me dire adieu. Je le regardai qui s'éloignait. C'était sûr que Raymond ne mourrait pas.

SES AMIES TANT AIMÉES

C'est un samedi de juillet qu'il est venu me voir pour la première fois, un samedi soir, mais il vivait en Périgord et ne passait à Paris que de rares moments. Un ami me l'avait recommandé. « Je voudrais vous consulter sur le droit des successions, m'avait-il dit au téléphone, on m'a assuré que vous étiez un excellent spécialiste. » Je ne l'étais pas. Mais cette promotion me fut agréable, et je consentis à le recevoir à l'heure du dîner. Il resta assis, en face de moi, plus de deux heures, me posant une série de questions préparées à l'avance. Au décès d'une vieille personne quels héritiers avaient droit à réserve ? Lesquels pouvaient être exhérédés ? Quelles étaient les conditions de validité d'un testament, les conditions de fond, et de forme ? Quels étaient les meilleurs mots pour désigner un légataire universel, et les formules à éviter ? Et pour ce légataire universel, très précisément désigné, quel temps séparait normalement la mort du testateur de la mise en possession de ses biens ? Quels étaient les droits du fisc ? Les tribunaux, quand ils étaient saisis de contestations, étaient-ils portés à valider les testaments, ou à les annuler ? Et quelle était la durée moyenne d'un procès ?

Et quels frais devait-on prévoir ? Tandis que je m'appliquais à lui répondre, il prenait des notes, il prit tant de notes qu'il dut m'emprunter du papier plusieurs fois, s'excusant d'abuser de ma bienveillance, me remerciant de mon accueil. Ses questions m'étonnaient. Elles ne s'appliquaient à aucun cas précis. Il s'informait comme s'il eût voulu non résoudre un problème, mais devenir à son tour spécialiste en droit successoral. Elles furent si nombreuses, et compliquées, qu'elles m'embarrassèrent à plusieurs moments. Je lui promis de rédiger une consultation. A vingt-deux heures je me levai, je le priai de m'excuser mais j'étais pressé. Il voulut bien me comprendre, simplement il serait obligé de revenir pour me poser, si je le voulais bien, quelques questions encore. Quand je le raccompagnai, jusqu'à la porte, il me demanda si j'accepterais de plaider pour lui, au cas, très malheureux, où il serait pris dans un conflit successoral. Je répondis évasivement. Non, je n'étais pas le plus compétent, mais je serais heureux de lui être agréable. « Pardonnez-moi toutes ces questions, me dit-il, mais il faut penser à la mort. » Je le savais. Nous échangeâmes des sourires, une longue poignée de main. C'était un client étrange, bavard, plutôt sympathique.

Il revint souvent, trop souvent, et il en prit l'habitude. Il n'en savait jamais assez en droit successoral, et je dus me résoudre à lui offrir deux ou trois ouvrages juridiques, qui le dispenseraient peut-être de quelques visites. Je compris bientôt qu'il ne me tenait pas pour son avocat, mais pour un confident qui pourrait devenir un ami. Jamais il ne me parla d'honoraires, et je n'osai, bien sûr, aborder un pareil sujet. Il m'appelait « mon cher maître et ami », et parfois, à la fin d'un rendez-vous, « très cher ami ». Il ne cessait de me dire sa reconnaissance, je ne cessais de protester, il ne me devait rien, ce m'était un plaisir que de lui enseigner le droit des successions. Peu à peu je fis, grâce à lui, des progrès dans ce droit difficile, je devins un convenable spécialiste. Il le devint aussi. Le temps passant nous fîmes moins de droit, et il me raconta sa vie.

Stéphane Bennevue avait soixante ans. Il en faisait dix de moins. Il était grand, mince, élégamment vêtu, il s'occupait avec assiduité de ses cheveux blonds, joliment ondulés, ne cessant de sortir un peigne pour les remettre en place. Tandis qu'il parlait il jouait de ses lunettes, il s'exprimait fort bien, traînant sur certains mots d'une voix affectée, comme l'eût fait un vieil aristocrate. Il me sembla qu'il eût rêvé de l'être. Stéphane Bennevue avait vécu, toute sa vie, dans un château du Périgord qu'entretenait sa famille depuis quatre générations. Ni ses grands-parents ni ses parents n'avaient jamais travaillé, ils étaient châtelains, riches châtelains, ils n'auraient jamais accepté que Stéphane travaillât. Tout ce que Stéphane Bennevue savait, il le tenait de son père, et d'un prêtre, ami de la famille, qui pendant dix années était venu, deux fois par semaine, pour apprendre à l'héritier des Bennevue ce qu'il fallait savoir, lui apprendre à écrire, à lire beaucoup, et à compter un peu. Les deux parents étaient morts à tour de rôle, ils avaient laissé Stéphane orphelin à trente ans, et châtelain, et riche, sans vrai souci. Stéphane avait alors acheté une ravissante garçonnière à Paris, estimant, comme son père, que les femmes étaient plus belles à la ville qu'à la campagne. Trente ans avaient passé. Comme son père il avait consacré sa vie à l'amour, à la lecture, aux chevaux, aux voyages aussi, car dès qu'il tombait amoureux il proposait un grand voyage, un voyage au bout du monde, pour un mois, pour un an, il était prêt à tenir parole, à partir ce soir, ou demain matin. Pas question que Stéphane se mariât, ni qu'il eût un enfant. Il savait que la fortune de la famille mourrait avec lui, qu'elle n'assumerait pas une génération supplémentaire, mais il s'en moquait. Il ne voulait s'enchaîner d'aucune manière. Cela il me le répéta, des dizaines de fois. « Je ne veux pas finir en prison... » Que sa vie fût un désert, il ne s'en apercevait pas.

Il approchait ses soixante ans quand il découvrit la dure réalité : l'argent lui manquerait bientôt. Il avait vendu les tableaux, puis les valeurs mobilières, puis les fermes, il ne s'était jamais préoccupé de rien, et voici que tout s'était ligué contre lui, le monde moderne, l'Europe, la crise économique, les cours de la Bourse, la misère de l'agriculture, et le déclin des valeurs traditionnelles.

Il avait fait ses comptes. Dans un an il devrait vendre sa garçonnière, dans trois ans le château, et dans cinq ans il n'aurait plus rien. Il me raconta ce que fut ce terrible mois de décembre où il dut s'enfermer, dans un hôtel, au bord du lac de Genève, pour regarder, à la loupe, son patrimoine et sa vie, vérifier qu'il était ruiné. Vieillir dans la pauvreté, en tout cas dans la gêne ? Se tuer, le jour de son soixante-cinquième anniversaire ? Commencer à faire la quête ? Aucune de ces solutions ne lui parut raisonnable. C'est alors, me dit-il, qu'il se résigna à ce nouveau métier.

Stéphane Bennevue me priait de le comprendre.

Trouver un quelconque emploi il ne le pouvait pas, il ne le voulait pas. Ni son père ni sa mère n'eussent imaginé qu'il gagnât sa vie. Il était leur fils, et le travail n'était pas fait pour lui. Il comprenait que d'autres travaillent, il ne les critiquait pas, il les estimait même, il m'admirait de travailler comme je semblais le faire, tôt le matin, tard le soir, mais c'était un autre destin que le sien. Il ne voulait pas me froisser, de toute manière c'était trop tard pour lui, trop tard pour changer de vie, pour changer de monde, lui il devait avoir de l'argent, sans jamais en manquer, sans jamais s'en préoccuper. C'est pourquoi il choisissait ce métier. Il comprenait que je fusse un peu étonné, mais il n'avait pas d'autre solution, la France avait mal tourné, les pauvres voulaient devenir riches et les riches devenaient pauvres. « Peut-être ai-je été mal élevé, m'expliqua-t-il, mais je ne peux manquer d'argent. »

Ainsi entama-t-il cette étrange carrière. Stéphane Bennevue était un homme énergique, audacieux, et il révéla vite un vrai talent. Il recherchait, par des voies diverses, usant de toutes ses relations, quelles étaient les vieilles dames, les très vieilles dames, riches, très riches, dont il pourrait devenir le charmant courtisan. Elles ne manquaient pas, paraît-il, mais Stéphane souhaitait qu'elles répondissent à de nombreuses conditions. Elles devaient être veuves, ou célibataires, sans enfant, et même sans parent proche, car il redoutait l'affection envahissante des héritiers possibles. Il leur voulait des cousins très lointains, indifférents, et mieux encore partis au bout du monde. Ses amies chères il les choisissait âgées de plus de quatre-vingts ans, car la vie, observait-il, tend aujourd'hui à devenir trop longue. Il les préférait un peu malades, malades sans hôpital, sans infirmière, car l'hôpital et l'infirmière compliquaient tout. Stéphane Bennevue vérifiait leur fortune. Il souhaitait celle-ci aisément réalisable, mobilière plutôt qu'immobilière, quoiqu'il appréciât les châteaux, mais le temps n'était plus aux châteaux. Quand une vieille amie répondait, par chance, à tous les critères, Stéphane n'avait plus qu'à se faire aimer.

Quand je compris l'usage auquel pouvaient servir mes consultations juridiques, Stéphane Bennevue tint à me rassurer. Il m'expliqua pourquoi j'aurais tort de le mal juger. « Ce que je fais, me dit-il, tous le font, s'ils le font d'une autre manière. Il ne s'agit jamais que de chercher l'argent là où il est. » Il m'expliqua que son grand-père avait épousé sa grand-mère parce qu'elle était bien dotée, que son père et sa mère avaient été attirés l'un vers l'autre par les séductions de deux jolis patrimoines. Il me raconta des tas d'anecdotes qui le conduisaient toutes à la même conclusion, l'argent et l'amour formaient un couple inséparable. J'opposais des preuves contraires, mais je ne pus rien contre sa conviction pessimiste. Parfois l'argent suscitait les sentiments, parfois il les entretenait, parfois il les faisait durer après qu'ils fussent morts. « Les jeunes, voulut-il bien consentir, pourraient penser autrement... le temps de la jeunesse... quelques jours, et quelques nuits... mais non les vieux. » Il était vieux.

Bientôt sa nouvelle vie l'occupa pleinement. Il me parut y prendre plaisir. Il faisait la cour à deux ou trois vieilles amies, allant de l'une à l'autre, jamais plus de trois, me confia-t-il, car un courtisan agréable doit être constamment disponible. Or elles étaient exigeantes, et le temps risquait de manquer. Chacune, bien sûr, devait ignorer l'existence de ses rivales, la jalousie aurait gâché la vie de Stéphane Bennevue. Son amie chère, il la voyait d'abord une fois par semaine, puis deux, puis trois. Il passait insensiblement de l'amitié respectueuse à l'amitié affectueuse, bientôt mêlée de tendresse, et conduite, peu à peu, sur les chemins de l'amour. Le temps nécessaire, la progression des sentiments, les mots et les gestes attendus variaient évidemment selon les cas, et Stéphane n'avait aucun plan établi. Il s'adaptait à chacune. Pourtant il s'aidait de quelques principes directeurs. Il aimait les restaurants élégants et vieillots, où des musiques familières aident à prendre la main. Le dîner chez Maxim's venait bientôt, portant les premiers aveux, et s'il se pouvait quelques pas de danse. C'était ensuite le temps du voyage à Venise, et des promenades dans la nuit, et des serments d'amour. Stéphane aimait apporter des fleurs, et des robes qu'elles ne mettraient pas, mais rien n'est exquis comme un homme qui s'aventure, seul, chez un grand couturier. Il se plaisait à offrir des bijoux, ses vieilles amies raffolaient des bijoux, ceux-ci avaient accompagné leur vie amoureuse, et ce charmant Stéphane choisissait de ravissants bijoux, et des livres rares, et mille surprises. Il entrait les bras chargés, il embrassait agréablement, de plus en plus tendrement, il disait, à voix basse, « vous êtes belle », puis, plus tard, « tu es belle », il téléphonait chaque jour, « vous me manquez... », « je voulais seulement entendre ta voix... », il projetait un fantastique voyage. Cet ami si cher ne ressemblait à aucun autre.

Il tenait beaucoup, et j'y étais sensible, à ce que je lui accorde mon estime, et s'il se pouvait mon amitié. « Je leur donne du bonheur, me disait-il, quand personne ne leur en donne plus. » Il m'expliqua que les neveux, les cousins, les amis, tous ceux qui faisaient la cour à ces vieilles dames, pour qu'elles ne les oublient pas sur leurs testaments, ne leur offraient rien que leurs sourires faussement aimables, et leurs cartes de vœux. Ils les laissaient mourir. Ils les pressaient de mourir. Lui, il imaginait, pour elles, des plaisirs toujours nouveaux, il les cajolait quand personne ne le faisait plus, il leur caressait les bras, parfois les seins, quand tous ces gens ne rêvaient que de pleurer sur un cadavre. Lui, il leur écrivait des lettres enflammées. Sans doute souhaitait-il des réponses, il ajoutait en post-scriptum : « Ecrivez-moi, j'aime vos lettres », car les lettres reçues pourraient le servir un jour, dans un vilain procès fait par de vilains cousins. Mais ces lettres échangées, ces cadeaux tendres, ces soirées passées ensemble, ces projets de voyage, ce n'était que des joies, des joies qu'il distribuait sans être assuré de rien recevoir en échange.

Car il m'expliqua que souvent il perdait son temps, son argent, et qu'il gaspillait sa tendresse. Souvent ses amies tant aimées se moquaient de lui. Elles recevaient ses attentions, elles en demandaient d'autres, mais elles se gardaient bien d'aller chez un notaire, ou d'écrire un testament qui lui fût agréable. Beaucoup hélas étaient méchantes, égoïstes et méchantes, elles mouraient sans lui laisser même un souvenir. Parfois il était « doublé » – c'est le mot dont il se servait – par un cousin lointain, plus habile que lui, ou par une infirmière, car la concurrence des infirmières lui semblait redoutable, ou par un autre professionnel, plus malin, plus cynique, mais le monde était devenu cynique. Parfois aussi elles ne mouraient pas, elles traînaient indéfiniment, il les emmenait de voyage en voyage, à Venise, à Rome, à Séville, à Lausanne, il les rendait si heureuses qu'elles se portaient de mieux en mieux, elles cessaient de vieillir, elles devenaient centenaires, et ceci obligeait à de nouveaux voyages. Il n'en pouvait plus de donner tant d'amour pour rien.

« Vous vous demandez si je leur fais l'amour... » me dit-il, un soir d'hiver où il était venu me voir alors qu'il neigeait sur Paris. Je ne me demandais rien, mais il avait envie de me parler. « Je les caresse », me confia-t-il, et comme je me taisais, il précisa, pour me persuader, « l'argent me fait bander ». Il m'expliqua que l'argent, autant que la beauté, inspirait la soif d'aimer. « Rien n'est beau comme un homme riche », ajouta-t-il. Il s'énervait tandis qu'il discourait. Ses visites commençaient à me lasser. Il me sembla que son métier le déformait peu à peu.

En cinq ans, il hérita sept fois. Il eut la chance de ne subir aucun procès, mais il les eût aisément gagnés, tant ses dossiers étaient fournis de souvenirs communs, de correspondances affectueuses, des preuves d'une vraie tendresse venue se coucher sur un testament. Ses vieilles amies, il les aimait vraiment. Il pleurait à l'enterrement, il entretenait leurs tombes, et dans son château du Périgord, sur le grand piano que lui avait laissé sa grand-mère, il assemblait leurs photos. Il les déplaçait un peu, chaque jour, selon ses souvenirs. La nuit, il rêvait de ses chères disparues. Les jours d'anniversaire, il posait quelques fleurs devant leurs portraits.

Stéphane Bennevue n'avait plus aucun problème d'argent. Mais sa vie devenait, tandis qu'il vieillissait, de plus en plus dispendieuse. Il avait multiplié le nombre de ses chevaux, des gens qui le servaient, il ne cessait d'acquérir, pour son château, des meubles rares et des tableaux de maîtres, il traînait chez les antiquaires, et dans les palaces, il achetait les plus beaux livres, et il donnait beaucoup d'argent à des œuvres pieuses, en mémoire de ses amies défuntes, et parce qu'« on ne sait jamais » m'expliqua-t-il. Risquait-il de manquer d'argent, d'être un jour un centenaire pauvre ?

C'est à la Scala de Milan qu'il rencontra Monica Servantini. Elle avait près de quatre-vingt-dix ans, et vivait à Rome, fabuleusement riche, sans famille ou presque, n'ayant jamais aimé que les hommes, les voyages et l'opéra. Stéphane fut séduit, bientôt fasciné. Il s'installa dans un palace en Italie. Plus d'un an, je fus sans nouvelles.

Je croyais qu'il était mort, quand il me téléphona pour m'annoncer son mariage. Monica Servantini était folle de lui, il était fou d'elle. Que faire, sinon l'épouser ? Je me permis de lui rappeler tout ce qu'il m'avait dit, autrefois, du mariage, mais il me remit à ma place. Le mariage ordinaire ne servait qu'à s'installer ensemble, à élever des enfants, ce qui lui faisait horreur, comme lui faisait horreur le lit partagé, et les odeurs, et les soucis. Avec Monica c'était autre chose, la passion, la vraie passion. Jamais ils n'auraient rien en commun, ni palais, ni château, ni souci, ni même ami. Ils allaient inventer, en parcourant le monde, le plus bel amour, l'amour de ceux qui ne partagent rien. Ils partaient en voyage de noces au Mexique, ou au Kenya, ou ailleurs.

Peut-être ne me reverrait-il pas. Il me remerciait une dernière fois, pour tant de bons conseils, et pour ma patience, et pour ma compréhension. « J'aurais aimé, ajouta-t-il, que vous connaissiez Monica. C'est une fée... »

Jamais plus il ne me fit un signe. J'appris, par son notaire, que Monica Servantini était morte à Mexico, pendant leur voyage de noces, dans des conditions singulières. Elle avait abusé de ses tranquillisants, elle en avait pris des doses insupportables, pris et repris, car elle manquait de mémoire et le bonheur l'avait exaltée. Elle était morte au matin, morte heureuse, morte tant aimée.

Stéphane avait été fou de douleur. Quinze jours il était resté là-bas, à pleurer, puis il était rentré. Il avait hérité, car elle avait voulu, la veille de leur mariage, qu'ils s'instituent, l'un et l'autre, légataires universels. Il était revenu dans son château en Périgord, il avait retrouvé ses chevaux, ses tableaux, et ses livres. Il vivait fastueusement, mais le temps du bonheur était fini pour lui. Il n'avait plus qu'à vieillir. Il ne parlait que de Monica. Parfois Stéphane allait à Paris, ou à Milan, ou à Rome, il visitait les souvenirs de sa femme tant aimée. Il ne portait plus que des costumes noirs, qui convenaient bien à ses longs cheveux blancs.

VA-T'EN

Cela faisait deux ans qu'ils se fréquentaient, trois ans peut-être. Ils s'étaient plu dès le premier jour, presque pareils, grands, minces, les fesses et les ventres durs. Ils s'étaient connus chez un copain, autour d'une pizza, il était dans l'immobilier, elle était dans la mode, cela n'avait pas traîné. Il l'avait ramenée chez elle, dans sa belle voiture rouge, elle aimait comme lui les voitures rouges. « Tu montes ? » lui avait-elle dit. « Pas de problème », avait-il répondu, l'amour ne lui posait aucun problème, simplement il ne cessait de regarder sa montre, il ne voulait jamais perdre de temps. Il était monté, tout s'était bien passé, ils avaient en gros les mêmes habitudes, les mêmes préservatifs, la toilette avant, la toilette après, les mêmes gestes et presque les mêmes mots. « Tu me plais. – Toi aussi. » « Tu es belle. – Tu es beau. » « Je t'aime », lui avait-elle dit au moment le plus fort. Il avait répondu « mon amour », il l'avait dit plusieurs fois pour lui faire plaisir. Elle n'avait pas crié, juste gémi, gémi ce qu'il faut. Ils s'étaient rhabillés sans problème. Ils s'étaient quittés contents, échangeant leurs numéros de téléphone. « On s'appelle », « appelle-moi ». C'était vraiment un bon début.

Elle l'avait appelé le surlendemain. « Si on dînait ensemble ? » Il avait été surpris qu'elle allât si vite, lui ne se pressait jamais. N'importe, ils dîneraient ensemble. Il était allé la chercher chez elle, en bas de chez elle, dans ce quartier lointain, il avait été fâché qu'elle le fît attendre. Elle devait sans doute prendre sa douche, ou se brosser les cheveux devant la glace, des cheveux très blonds, très longs, très frisés, des cheveux qui lui ressemblaient, qui ressemblaient à la mode. Elle était venue en courant, superbe, moulée dans son caleçon noir. « Salut », lui avait-elle dit, l'embrassant sur la bouche. Il n'avait rien répondu mais il l'avait regardée, tandis qu'elle se regardait dans le rétroviseur. Elle était belle, la voiture avait un bon bruit, tranquille et fort, oui tout allait bien. Ils avaient dîné dans une brasserie qu'il avait choisie pour elle, ils avaient vérifié qu'ils avaient les mêmes goûts. Ils aimaient les huîtres et les poissons grillés, qui empêchaient de grossir. Ils aimaient les cafés serrés et les cigarettes sans arrêter. Ils aimaient les mêmes magazines, les mêmes émissions de télé. « On se ressemble », lui dit-elle en lui tenant la main. Il ne répondit pas, il répondait rarement, mais il avait l'air ému, il lui serra les jambes entre les siennes. Vite il demanda l'addition, l'addition tout de suite, il sortit sa carte, tapota son code, ajoutant deux sourires en pourboire, elle était maintenant pressée comme lui. Dans la voiture, ils restèrent tête contre tête, et il roula très vite. « Tu conduis formidablement », lui dit-elle. Il accéléra. Quand ils furent arrivés chez elle, elle lui dit : « Tu montes ? » Il monta, sans un mot, et ce fut comme la première fois, exactement comme la première fois. Il partit juste avant minuit. Elle parut déçue, elle aurait bien recommencé, car elle ne se levait que vers dix heures, la mode permettait cela, mais non l'immobilier. Il lui expliqua qu'il travaillait comme un fou, elle le comprit et il lui plut davantage. Elle le raccompagna, nue, jusqu'à l'ascenseur. Elle prenait des risques pour lui et il en fut satisfait.

Elle s'appelait Camille, il s'appelait Sébastien. Sébastien rentra chez lui. Il passa une dizaine de minutes avec ses haltères pour entretenir ses pectoraux, Camille, comme toutes les femmes, regardait les pectoraux. Il prit deux cachets, l'un pour dormir, l'autre pour bien se porter. Il savait qu'il rêverait de Camille, ou d'une autre qui lui ressemblerait, les jambes aussi longues, et le regard dur comme les seins, ce regard très dur, très moderne, et qui le fascinait. Sébastien était content de lui, de sa voiture, de Camille, content surtout de s'endormir. Il s'endormit.

Ils eurent vite leurs habitudes, deux dîners par semaine et un week-end par mois. Les dîners se prenaient l'un chez Camille, l'autre au restaurant. Sébastien ne voulait pas qu'elle vînt dîner chez lui, son studio était toujours en désordre, encombré de vêtements, de journaux et de vaisselle sale. Surtout il ne voulait pas que Camille aperçût les traces que laissaient ses copines, des verres bordés de rouge à lèvres, des odeurs de parfum, et parfois des boucles d'oreilles oubliées. Il ne voulait pas que sonnât son téléphone pendant qu'ils faisaient l'amour. C'est chez elle qu'il aimait donc dîner. Elle préparait un bon repas, toujours le même ou presque. Elle entourait Sébastien de mille gentillesses. Elle lui passait la main dans le cou quand elle changeait les assiettes. S'il se levait pour feindre de l'aider, elle se collait à lui. Elle ne cessait de tendre ses lèvres vers les siennes, et de lui demander s'il était bien. Le dîner fini, vers vingt-et-une heures trente, ils s'aimaient, le même plaisir pris, rarement repris, les mêmes précautions, les mêmes positions, dans le même ordre. Maintenant elle criait un peu, elle disait parfois « mon Sébastien chéri », mais Sébastien ne s'inquiétait pas, il savait que le temps qui passe oblige à en faire davantage. Il se rhabillait plus vite. Elle avait été formidable, lui aussi, « dors bien », « on s'appelle », pas un mot qui ne fût vrai. Ils dormiraient bien, chacun chez soi. Demain elle l'appellerait, demain ou après-demain, peu importait.

Le mercredi soir, il l'emmenait au restaurant, toujours au même. Sébastien ne passait plus la chercher. Ils se retrouvaient à leur table habituelle à vingt-et-une heures. Il savait que, dès dix-neuf heures, Camille était devant sa glace. Elle essayait plusieurs caleçons, sachant que Sébastien, comme tous les hommes, comme le monde entier, n'aimait plus que les femmes en caleçon. Elle en essayait une dizaine, elle gardait le plus excitant, ce qui n'était pas simple à décider car elle ne cessait de s'exciter en se regardant. Elle s'inquiétait parfois, observant ses fesses, car elle allait vers ses trente ans et elle avait lu quelque part qu'une femme de trente ans avait commencé de vieillir. En revanche, ni ses seins ni ses cheveux ne lui causaient le moindre tourment. Elle était sûre d'eux, fière d'eux. Elle passait dix minutes à réfléchir sur les boucles d'oreilles, puis cinq à dix minutes à réfléchir sur les chaussures, mais elle connaissait trop bien la mode pour hésiter longuement, elle aimait les petites chaussures et les grosses boucles d'oreilles. A vingt et une heures précises elle arrivait au restaurant. Ils s'embrassaient deux fois sur les lèvres, puis une fois vraiment, et ils dînaient, sans rien se dire ou presque, mais que se dire si l'on est heureux, et contents d'être ensemble. Elle parlait un peu de ses copines, il parlait de son boulot, et des émissions de télé, il en parlait bien. C'était cela s'aimer, aimer les mêmes plats, la même télé, les mêmes fringues. Ils allaient ensuite faire l'amour chez elle, le faire vite car il était pressé. Elle avait peur qu'il s'ennuyât peu à peu, alors elle mêlait à leur amour un peu de musique, de la musique amoureuse, des chants mélancoliques. Avant minuit, chacun dormait chez soi.

Le week-end à Deauville était, bien sûr, le meilleur. Ils partaient le vendredi soir. Ils s'enfonçaient dans les encombrements, mais Sébastien y était heureux, car c'est là qu'il montrait le mieux ses talents, et ceux de sa voiture. Il changeait de file à tout moment, il accélérait et freinait brutalement pour prouver sa puissance, il multipliait les manœuvres interdites, vérifiant comme il était libre. L'autoroute était son royaume. Camille le regardait haletante, émerveillée, « tu es fou », lui disait-elle, quand il prenait, pour elle, un risque insensé. Elle lui mettait alors la main sur la cuisse pour le récompenser. C'était vrai que Sébastien était formidable au volant, et sans doute dans son boulot, et dans sa vie. Sébastien avait trouvé un petit hôtel, tout près de la mer, propre et pas cher, Camille adorait cet hôtel. Elle aimait marcher, et même courir, tout près de l'eau, cela soignait sa beauté, lui aussi aimait courir, pour entretenir son corps, ils couraient donc ensemble en se tenant par la main. Parfois, pour s'amuser, il la renversait sur le sable, ils roulaient l'un sur l'autre, ils se relevaient aussitôt. Elle n'était qu'à moitié contente, redoutant que le sable ne marquât sa peau et ne salît son tee-shirt. Des tee-shirts, des caleçons, des jeans bien déchirés, des jupes très courtes, des jupes très longues, des jupes fendues, elle en avait entassé des dizaines, dans ses deux grandes valises, des valises chic, des valises riches, elle avait emporté tout ce qu'il fallait pour ressembler aux femmes très belles qui marchaient sur les planches, sûres d'avoir les plus belles jambes et les plus beaux cheveux. « Tu es la plus belle », lui disait Sébastien s'il la voyait inquiète. Il le disait un peu mécaniquement, pour lui suggérer qu'il le pensait sans en être tout à fait sûr. Quand ils marchaient sur les planches, se tenant par la taille, les visages battus par le vent, ou quand un rayon de soleil venait les caresser, ils savaient qu'ils étaient jeunes, qu'ils étaient beaux, que tout leur réussissait. Ils étaient heureux.

Le samedi, le dimanche, ils faisaient des ballades en voiture. Ils aimaient retrouver les mêmes endroits, des points de vue devenus familiers. Ils avaient leurs restaurants favoris, ils ne s'évadaient jamais du menu, ils raffolaient des crevettes et des crabes, tout ce qui sentait la mer. Ils buvaient un peu, ils fumaient beaucoup, les repas étaient agréables, peuplés de longs silences qui ne les dérangeaient pas. De temps en temps, quand on changeait leurs assiettes, ils se posaient l'un à l'autre des questions, vérifiant qu'ils s'entendaient bien, sur les filles qui passaient, sur les couples installés aux tables voisines, sur le temps d'aujourd'hui et de demain, sur les émissions qu'ils avaient regardées durant la semaine. Ils parlaient un peu de leurs boulots, un peu de leurs familles, de leurs quatre parents, tous bien portants. On leur ferait demain des cartes postales. Un soir où il pleuvait, ils parlèrent même politique. « Je m'en fous », trancha Sébastien, avec autorité. Elle répondit qu'elle se sentait plutôt à gauche. Il fronça le sourcil. Elle corrigea aussitôt : « Au fond, je m'en fous comme toi. » Oui, la vie était bonne.

La vraie difficulté, ils la trouvaient dans leur lit. Camille était bruyante et Sébastien avait le sommeil léger. Comme tous les hommes qui portent des responsabilités, Sébastien voulait dormir, il redoutait d'être épuisé au matin. Les nuits devenaient compliquées. L'amour le devenait aussi, car ils ne le voulaient plus aux mêmes moments, et Sébastien le voulait très rapide. « Amour vite fait... disait-il,... amour bien fait. » Camille eût voulu prolonger les temps autour, les caresses d'avant, les tendresses d'après, tout cela n'était pas simple, mais ils ne s'inquiétaient pas vraiment. Que les corps s'habituent, ils le savaient d'expérience. Ce qui comptait, c'était d'être beaux, de ne pas manquer d'argent, et d'être bien ensemble. Parfois, quand ils s'endormaient, se tenant par la main, elle se demandait s'ils ne devraient pas faire vie commune. Bientôt cette idée ne la quitta plus.

Tout se gâcha ce mercredi 23 juin, le jour de ses trente ans. Sébastien avait décidé de l'emmener dîner à Montmartre. Elle s'était faite provocante comme jamais. Le dîner se passait bien quand arriva le gâteau, un vacherin décoré de trente bougies, surmonté d'une plaque sur laquelle elle lut, en lettres d'or, ces mots merveilleux : « Bon anniversaire Camille. » Sébastien avait pensé à tout, pensé à elle comme aucun homme n'en eût été capable, elle était éblouie, et attendrie. Elle contemplait Sébastien. Il avait toutes les qualités, il était beau, généreux, délicat, il avait, dans l'immobilier, une jolie situation qui ne ferait sans doute que grandir. Elle souffla les bougies, s'y reprenant à quatre fois pour que durât le plaisir, ils se levèrent pour s'embrasser. Ils se rassirent et se tinrent par la main gauche, de l'autre ils commencèrent de déguster le gâteau d'anniversaire. Elle décida soudain de lui parler.

« Sébastien, je t'aime. »

Il retira brusquement sa main. Il essaya de rire.

« Bien sûr, nous nous aimons. »

Il ajouta :

« Mange ton gâteau. »

Elle mangea, elle lui reprit la main, elle réussit à le regarder dans les yeux, elle voulait aller jusqu'au bout.

« Sébastien, j'aimerais qu'on vive ensemble... »

Et comme il se taisait, elle eut la force de dire encore :

« J'aimerais qu'on fasse un enfant. »

Ils mangeaient maintenant le gâteau, les yeux dans leur assiette, ils mangeaient vite, pour paraître occupés. Sébastien lui servit du vin. Il s'en offrit un grand verre qu'il but presque d'un coup, et il se leva, pour aller régler au comptoir. Elle le suivit. Pas un mot dans la rue, pas un mot dans la voiture. Il monta chez elle, ils firent l'amour en silence, mais ils retrouvèrent chacun de leurs gestes, dans la salle de bains, dans la chambre, dans le lit. Il parut content, elle parut rassurée. A vingt-trois heures trente il était rhabillé, prêt à rentrer chez lui. Il l'embrassa une dernière fois, il répéta : « Bon anniversaire. » Quand il fut près de la porte, elle recommença : « Tu ne veux pas qu'on vive ensemble ? » Il partit sans répondre, très vite, tirant la porte derrière lui.

Il décida de rompre, ce vendredi qui venait, sur la route de Paris à Deauville, dans sa voiture, car sa voiture lui donnait du courage, elle le poussait à la décision, Sébastien était si bien dans sa voiture que tout serait plus facile. Il téléphona à Camille, le matin : « Je te prendrai chez toi à cinq heures... avant les grands encombrements... » Il ajouta : « Il paraît qu'il va faire beau... » Il ne savait rien du temps, mais il disait cela pour s'encourager, et pour qu'elle fût de bonne humeur. La vérité, il la lui dirait sur l'autoroute, à mi-chemin à peu près, en tout cas avant d'arriver à Deauville. Il ajouterait : « On passe le week-end entre amis, ou tu rentres à Paris... C'est toi qui décides... » Oui, c'est elle qui devait choisir, se voir entre amis ou ne plus se voir, tout était sa faute à elle, tout aurait pu continuer comme avant, mais elle voulait un mari, un enfant, une maison, et elle s'était jetée sur lui, parce qu'il était généreux et beau. Sébastien ne s'était pas méfié d'elle. Il aurait dû. Il faut vivre en se méfiant, c'était la triste vérité.

Elle s'était faite très belle, les jambes serrées dans un caleçon de soie couleur de panthère. Elle avait tant rempli ses valises que Sébastien eut du mal à les hisser jusqu'au coffre. Le ciel était bleu, amical. Ils prirent la route, ils se taisaient, Sébastien se répétait les phrases qu'il avait préparées, le problème était toujours le même, rompre gentiment, sans laisser trop d'espoir, sans faire trop de mal, il ne voulait pas vivre avec elle, avec personne, il ne voulait pas d'enfant, il avait trop de travail, trop de responsabilités, il verrait plus tard. Il était tant occupé à se réciter son texte, pour le sortir à la hauteur d'Evreux, en tout cas après Mantes, qu'il conduisait très mal. Il ne changeait pas de file, il restait piteusement sur la file de droite, peut-être cherchait-il à ralentir sa voiture, à ralentir le temps. Camille s'impatienta quand il s'installa derrière une grosse Peugeot noire, une Peugeot vieille, moche, comme s'il ne rêvait plus que de la suivre, alors elle s'énerva :

« Double-le, ce sale con, lui commanda-t-elle.

– Je fais ce qui me plaît... » répondit-il, et il ralentit son allure. Camille était furieuse :

« Tu fais ce qu'il te plaît... mais tu conduis comme un nul. »

Il ralentit plus encore. Camille s'était écartée de lui, s'appuyant contre la porte, comme si elle voulait sauter en route. Elle se battait contre la ceinture de sécurité, qui agaçait ses seins. Oui, ce type au volant ne savait plus conduire, et il se moquait d'elle, il se moquait qu'elle se fût habillée pour lui plaire, qu'elle eût rempli sa valise de tout ce qu'elle avait acheté pour lui plaire. Elle lui avait offert sa vie et cela l'avait fait rire. Tout le faisait rire sauf son métier, sauf sa carrière, sauf sa réputation de séducteur. Camille n'en pouvait plus de ce type, ni d'aucun type d'ailleurs. Ce type restait derrière la grosse Peugeot pour l'humilier, pour lui signifier qu'il était propriétaire de sa voiture, et qu'il emmenait une femme à Deauville, elle, une autre, n'importe qui, et qu'il lui ferait l'amour comme il faisait l'amour à toutes. Et elle avait cru l'aimer.

« Je veux descendre, » dit-elle soudain.

Il accéléra aussitôt. Il doubla la grosse Peugeot, il commença à conduire comme un homme, comme il savait conduire. Il ne voulait pas qu'elle descendît avant qu'il lui eût dit sa décision, il ne voulait pas qu'elle prît ainsi l'avantage. Il roulait maintenant comme un fou pour atteindre sa ligne d'arrivée, dans une vingtaine de kilomètres, le moment où il commencerait à rompre en récitant son texte. Elle tourna le rétroviseur vers elle, oui jamais elle n'avait été aussi belle, et ce type était lamentable. Elle arracha du volant la main droite de Sébastien qu'elle posa de force entre ses cuisses. Il reprit sa main. Alors elle le gifla. Il faillit perdre le contrôle de sa voiture et il dut s'arrêter brutalement sur le bas-côté. Ils descendirent tous deux, comme pour se battre, mais il se précipita sur le coffre de la voiture. Il sortit ces valises si lourdes, si ridicules, et les posa dans l'herbe.

« On se quitte là, lui dit-il.

– Non, là », répondit-elle. Elle montra un champ de luzerne et elle lui prit violemment la main. Il marcha derrière elle, ils traversèrent un fossé, puis ils s'avancèrent dans le champ. Elle le tirait en avant, ils couraient presque, et quand ils furent assez loin de la route elle se jeta sur lui. Ils firent l'amour comme ils ne l'avaient jamais fait, rien que l'amour, l'amour sans se déshabiller, l'amour sans se laver, l'amour sans un lit, l'amour sans un mot, l'amour, et le soleil, et le vent qui soufflait très fort, et le bruit des voitures. Ils se relevèrent, couverts de terre, dégoûtants.

« Va-t'en », lui dit-elle. Elle revint vers la voiture. Il la suivit. Camille était ruisselante, sale, elle sentait l'herbe et la sueur, jamais elle n'avait été si belle. Il eût voulu continuer sa route avec elle, mais il savait que tout était fichu, elle avait voulu rompre comme elle l'avait décidé, rompre à sa manière, rompre pour toujours. Elle avait gagné.

Il essaya de l'embrasser, mais elle le rejeta, elle répéta : « Va-t'en », et il monta dans sa voiture, il ouvrit la fenêtre. Il la regarda, debout entre ses valises, prête à reprendre sa vie, à faire de l'auto-stop, déjà elle levait la main, elle était partie à la recherche d'un autre type, pour vivre avec, et lui faire un enfant. Il fit ronfler son moteur. « Au fond, tu n'es qu'une médiocre », lui cria-t-il. « Pas plus que toi », hurla-t-elle, avant que la voiture ne démarrât. C'est tout ce qu'ils gardaient en commun.

VIE DE RIEN

De son enfance, on n'a pas su grand-chose. Anatole de La Meule refusa d'en parler. Sa mère, Blandine de La Meule, avait accouché de lui quand elle avait vingt ans. Elle était la septième d'une famille angevine qui comptait dix enfants. La belle Blandine était tombée enceinte dans des conditions honteuses, sans qu'elle fût mariée, sans qu'elle fût même fiancée, enceinte d'on ne savait qui. Blandine avait été chassée par son père, embrassée par sa mère, une dernière fois, sa mère qui lui avait promis de prier pour elle jusqu'au dernier jour. Blandine était partie pour Paris, emmenant son gros ventre. Elle avait trouvé un travail dans un magasin de jouets, et une chambre pas chère.

Anatole était né, Anatole de La Meule, un enfant du péché, un enfant sans père, et Blandine n'avait plus fait qu'aimer son Anatole et travailler pour lui. Elle l'avait caché de son mieux. Ne pouvant évidemment le mettre à l'école, elle lui avait tout appris, le français, le calcul, l'histoire et le dessin, le peu qu'elle savait. Elle avait dû prendre des leçons pour être capable de bien l'enseigner. Anatole était un enfant sage. Il attendait gentiment que Maman rentrât le soir, qu'elle lui donnât ses leçons, qu'elle l'embrassât des dizaines de fois, qu'elle dînât avec lui, qu'elle se couchât avec lui. Anatole admirait sa maman, il n'aimait que sa maman, il ne connaissait qu'elle.

Tout cela, le juge d'instruction l'avait appris difficilement. Les grands-parents d'Anatole ne savaient rien. Ils n'avaient jamais accepté de revoir leur fille, ni bien sûr de rencontrer cet enfant-là. Seuls quelques voisins de Blandine avaient été retrouvés, et aussi son patron, qui tenait encore le magasin de jouets où elle avait travaillé. Blandine était sérieuse, honnête, mais distante, elle semblait ne s'intéresser à personne. Elle riait peu. Un voisin de palier attesta que le petit Anatole récitait des poèmes, dans l'escalier, tandis qu'il descendait avec sa mère, qu'ils récitaient tous deux, et qu'ils faisaient trop de bruit. « Des poèmes de qui ? » demanda le juge d'instruction. La question surprit le témoin, qui répondit en bafouillant qu'il ne connaissait aucun poème ni le nom d'aucun poète. Le juge parut surpris.

Blandine était-elle distraite ? Pensait-elle trop à son fils dont elle allait bientôt fêter les dix ans ? Elle fut écrasée par un autobus, tuée sur le coup, alors qu'elle traversait la rue, rentrant chez elle, comme elle rentrait toujours, en courant. Le juge d'instruction réussit à retrouver la vieille dame qui prévint les voisins, ceux qui annoncèrent à l'enfant Anatole que sa maman était morte. On s'occuperait de lui, dès demain. Mais le lendemain matin, on dut forcer la porte : Anatole avait disparu.

De ce qui suit, Anatole de La Meule accepta de parler au juge. Il lui récita un poème qu'il avait écrit, assura-t-il, dans la nuit qui suivit, et qu'il avait laissé sur la table avant de se sauver. Il le savait d'ailleurs par cœur, il savait par cœur tous les poèmes qu'il avait écrits. Le poème était trop long, et le juge ne fit inscrire au procès-verbal que les deux premiers vers :

J'ai déjà trop vécu. J'ai déjà trop souffert
Et mon cœur est glacé comme un matin d'hiver.

Le juge d'instruction me fit remarquer que ces vers, écrits par un garçon de dix ans, indiquaient un talent prometteur. J'en doutais, mais j'étais l'avocat d'Anatole de La Meule, et je ne pouvais raisonnablement protester. Anatole expliqua au juge qu'il avait fui, au petit matin, caché sous un buffet, dans un camion de déménagement qui partait pour Toulouse. Il avait vécu là-bas près de cinq ans, couchant dans la rue, mendiant à la porte des églises. Il allait vers les vieux messieurs et les vieilles dames, car ils lui faisaient moins peur que les autres. Il leur expliquait que Papa et Maman étaient morts, tous deux écrasés par un gros camion. Il retenait ses larmes. Quelques-uns lui donnaient un peu d'argent, quelques-uns aussi l'embrassaient. Peu à peu, Anatole avait pris l'habitude d'entrer dans les églises. Il s'approchait, sur la pointe des pieds, de ceux qui priaient, il implorait leur secours, il leur promettait de prier pour eux, et il tenait aussitôt parole, allumant, devant eux, un cierge qu'il payait d'une pièce de monnaie prise sur ses économies. « Je ne me débrouillais pas mal », expliqua-t-il au juge d'instruction. Mais Anatole ne pouvait trouver un quelconque emploi, il ne savait rien, juste lire et écrire, à peine compter, et il n'eût pas supporté d'apprendre un métier. C'est alors qu'il choisit de devenir poète.

Il avait quinze ans. Le matin, jusqu'à treize heures, il était mendiant. Il employait parfois des enfants tout petits, trouvés par hasard, il les appelait mon frère, ma sœur, il les poussait devant lui, il leur distribuait ensuite des morceaux de sa recette. Il changeait chaque jour d'église et de quartier. Cela lui rapportait de quoi manger un peu. Comme le juge parut étonné, Anatole fit remarquer que la vie lui avait appris à se satisfaire de rien ou presque, et qu'un poète doit rester pauvre. Le juge hocha la tête, pour approuver sans prendre parti. L'après-midi, Anatole s'asseyait sur un banc, il écrivait des poèmes, en général un poème par jour, et deux s'il faisait beau. Par chance, il trouva à porter des prospectus publicitaires, qu'il devait introduire dans les boîtes à lettres, et ce petit travail lui permit bientôt de louer une chambre dans un hôtel meublé. Ainsi Anatole put-il visiter de belles maisons, celles qu'il aurait habitées s'il n'était pas né pauvre, et surtout né poète.

En moins de deux ans, Anatole de La Meule avait écrit mille poèmes. Ce premier millième, confia-t-il au juge, il avait décidé de le fêter dans un restaurant italien, car il raffolait des pâtes. Il avait bu beaucoup de vin, ce soir-là, trop peut-être, et il avait écrit le premier poème de son second millième. Vers minuit on l'avait mis à la porte. Il était rentré chez lui heureux, titubant. Malheureusement, ce premier poème du second millième, Anatole l'avait jeté dans la rue. Le juge lui demanda s'il le savait par cœur, comme les autres, et s'il pouvait le réciter. Anatole de La Meule avoua qu'il l'avait oublié, car il était à peu près ivre ce soir-là. « Vous buvez trop ? » lui demanda le juge d'instruction. « Je fais ce qu'il me plaît », répondit mon client. J'eus peur que cette réponse n'indisposât le juge. J'intervins, pour dire qu'il ne buvait que rarement, les jours de fête, et que la détention, hélas, le rendait nerveux. Je me penchai vers Anatole, pour lui conseiller de rester courtois.

Pendant toutes ces années, Anatole de La Meule n'avait connu personne. Il souriait, il remerciait à profusion, il savait tous les mots et les gestes de la reconnaissance, mais rencontrer quelqu'un il ne le voulait pas, il ne le pouvait pas. Il expliqua qu'il aurait sans doute aimé vivre avec un âne, un âne affectueux et silencieux, habitué à cacher ses sentiments. Un poète peut vivre avec un âne, ou avec des moutons.

« Avez-vous connu des femmes ? » lui demanda le juge, qui pressentait sa réponse. Non, il n'avait pas connu de femme. Les jeunes filles, il les trouvait jolies, il les saluait parfois d'un mouvement de la tête, mais elles n'étaient pas faites pour lui. Peut-être les retrouverait-il plus tard, quand elles sauraient qu'il était un poète, et qu'elles l'écouteraient, émerveillées. Monsieur le Juge devait comprendre qu'un poète n'a besoin de connaître quiconque. Un poète a juste besoin de voir les gens passer.

Le jour de ses dix-huit ans, Anatole décida de remonter à Paris. Il était sûr maintenant d'avoir du génie. Cela, il n'osa le dire au juge, mais il me le dit à moi, son avocat, son confident. On ne peut, m'expliqua-t-il, écrire chaque jour un ou deux poèmes, et parfois un troisième dans une église, sans avoir du génie. Quand il commençait à relire, ou réciter ses poèmes, Anatole devenait un témoin objectif. Il était disposé à les trouver mauvais. Il savait, mieux que personne, qu'il était sans instruction, sans vocabulaire, sans grammaire. Mais dès que le poème commençait à parler, Anatole était ébloui. Il était, lui, l'enfant du malheur. Ses poèmes, eux, étaient les enfants du génie.

A Paris, tout alla de travers. Anatole recommença à mendier. Mais il choisit mal ses églises, et de toute manière ils étaient trop nombreux à pratiquer son métier. Il offrit partout ses services pour porter des lettres, mais personne ne voulut de lui, car à Paris les lettres ne se portent pas à pied. Anatole fut bientôt sans ressource aucune, contraint de dormir dehors, sous les ponts, ou dans le hall des grands immeubles jusqu'à ce qu'il en fût chassé. C'est alors, expliqua-t-il au juge, qu'il écrivit ses plus grands poèmes, car la détresse l'inspirait. Il entassait ses manuscrits dans un grand sac, qu'il enveloppait d'une couverture et qu'il plaçait sous sa tête, la nuit, afin qu'on ne pût les lui dérober. Parfois il entrait dans un restaurant, il proposait de lire un poème, de le dédicacer, on le mettait gentiment à la porte. C'est à la porte des restaurants qu'il s'installa peu à peu. Il apprit à s'approcher de ceux qui entraient ou sortaient, parlant fort, riant, gesticulant, il apprit à s'incliner, à réciter quelques vers pour émouvoir les couples amoureux, ou les faire rire, à remercier infiniment. Il crut qu'il devenait un bon professionnel. Il alla proposer ses poèmes chez les libraires, chez les pharmaciens, chez les antiquaires, mais il fut presque partout éconduit. Il commença à boire vraiment, il s'en réjouit, et ses poèmes aussi.

On prit donc l'habitude de le voir, assis dans la rue, enveloppé dans sa couverture, non loin d'un restaurant où venaient des gens cultivés, amateurs de poésie. D'une main il tenait sa bouteille, de l'autre une chaussure qui lui servait de porte-monnaie. Il braillait ses poèmes. Les uns jetaient une pièce, d'autres murmuraient un compliment, d'autres se pressaient pour ne pas l'apercevoir. Il s'installait, la nuit, sur un banc, pour tâcher d'écrire un peu quand il se réveillerait. Il savait que c'était cela le destin d'un grand poète. Mais la renommée lui viendrait un jour, forcément. Il l'attendrait.

Ce qui suit, le juge d'instruction ne l'apprit que de lui, car du meurtre on ne découvrit aucun témoin. Anatole de La Meule s'appliqua à donner au juge toutes les précisions que pouvait attendre la Justice. C'est un samedi d'été, au clair de lune, juste avant minuit, qu'Anatole s'approcha d'une belle dame qui sortait du restaurant pour s'engager dans la rue, déserte à cette heure. Cette dame semblait pressée, impatiente, elle avait les jambes très nues, les cheveux très longs, il s'était planté devant elle, lui barrant la route. « Je veux vous lire mon plus beau poème, lui avait-il dit. – Foutez-moi la paix », lui avait-elle répondu, et elle l'avait repoussé, sans le toucher, d'un geste du bras gauche, de son bras méprisant. C'est alors qu'Anatole l'avait prise à la gorge, qu'il l'avait jetée par terre, qu'il s'était jeté sur elle pour l'immobiliser, et il l'avait étranglée, doué soudain d'une force irrésistible. Il lui avait crié au visage ce poème dont elle n'avait pas voulu. Elle était déjà morte quand se précipitèrent les premiers passants.

L'affaire fit grand bruit. La police avait saisi, dans

le sac du meurtrier, des cahiers couverts de poèmes. Certains circulèrent. La presse raffola de cette étrange affaire. Le poète avait-il été porté au meurtre par une brusque pulsion sexuelle, ou par la misère, ou par l'alcool, ou par une vie ratée, une œuvre manquée, la souffrance d'un génie méconnu ? Quelques-uns des poèmes d'Anatole de La Meule furent révélés par de grands quotidiens. Un éditeur annonça qu'il cherchait à rassembler les œuvres complètes du criminel, afin qu'elles fussent publiées au moment du procès. Quant au juge d'instruction, il s'appliquait, avec un soin méticuleux, à reconstituer la vie d'Anatole de La Meule, pour tenter d'éclairer ses mobiles, un destin tragique dès le premier jour, celui d'un enfant très doué, celui d'un enfant né poète que le malheur avait conduit à confondre la vie et la mort.

Le juge s'estima obligé, pour tâcher d'élucider ce crime, de lire toutes les œuvres d'Anatole de La Meule, sans manquer un poème, car l'un d'eux pouvait recéler l'explication du meurtre. Il fit rechercher par la police, à Toulouse, à Paris, et ailleurs, tous les manuscrits cachés, ou jetés, ou perdus. Le dernier poème, retrouvé dans la poche de l'assassin, portait pour titre « A ceux qui ne me liront pas ». Mais Anatole de La Meule n'avait rien écrit sous ce titre, pas un vers, pas un mot. Le juge d'instruction interrogea l'assassin sur ce poème avorté, qui pouvait bien cacher l'explication du meurtre. Mais Anatole répondit : « Je n'avais rien à dire... je n'avais rien à lui dire... », et il se tut, obstinément.

C'est alors que je reçus une lettre d'Anatole de La Meule. Il me désignait, m'écrivait-il, pour assurer sa défense parce qu'un jour, devant un restaurant où il avait installé sa niche, je m'étais laissé dédicacer l'un de ses poèmes préférés. En même temps qu'il me faisait l'honneur de me choisir pour avocat, il m'adressait un recueil de vingt poèmes qu'il venait d'écrire en prison : *Les Chants d'un meurtrier*. Il me priait de les garder pour l'instant, discrètement, car il ne les publierait que plus tard, après son procès, ou après sa mort. Je me souviens des derniers vers du dernier poème :

Innocent c'est mal dire,
Coupable est mon métier
J'ai la gueule du pire
Et le crime me sied.

Je me précipitai pour aller voir en prison le poète assassin dont le crime occupait la presse. Il était grand, vêtu de noir, ses cheveux couraient sur ses épaules, il avait un regard doux, triste, une voix très faible, il ressemblait à un poète beaucoup plus qu'à un assassin. Il ne me dit pas un mot de son crime, mais il me parla longuement de son œuvre. Il avait caché les meilleurs de ses manuscrits dans un cimetière parisien, sous une tombe abandonnée dont il avait réussi à soulever la pierre. Il me priait d'aller les récupérer, et de les conserver jusqu'à ce qu'il me donnât des instructions nouvelles. Sa confiance me plut, et j'occupais ainsi le dimanche qui suivit.

Dans sa cellule, Anatole continua d'écrire. Il écrivit tant que les poèmes s'entassèrent au point de devenir un souci pour le directeur de la prison. Le juge d'instruction fut contraint de les placer sous scellés, mais il me confia qu'il avait gardé pour lui les manuscrits de deux poèmes, les plus beaux. Le juge collectionnait les autographes. Il avait acheté un poème de Verlaine, un autre d'Aragon, il rêvait de pouvoir acquérir une lettre de Rimbaud. Les poèmes de prison d'Anatole de La Meule connaîtraient peut-être la gloire. J'approuvais bien sûr Monsieur le Juge, sans partager son optimisme.

Le juge entendit Anatole de La Meule six fois pour tenter d'élucider ce crime sans témoin, car le dossier ne comportait qu'un cadavre et les aveux du meurtrier. Pourquoi celui-ci avait-il voulu lire son poème à cette dame, à ce moment ? Pourquoi avait-il choisi cette personne, non une autre ? L'avait-elle attiré, séduit, ou au contraire vexé, ou déçu ? Avait-elle tenté de le frapper et pouvait-il prétexter d'une légitime défense, une légitime défense qui aurait mal tourné ? Pourquoi l'avait-il prise à la gorge, pourquoi l'avait-il étranglée, pourquoi lui était venu soudain ce comportement presque fou, alors qu'il n'était pas dément, ce qu'attestaient les médecins ? Ni le juge, ni le greffier, ni l'avocat ne comprenaient ce crime, les mobiles de ce crime, et le meurtrier devait donner une explication, une explication plausible, sans quoi le juge serait contraint de l'entendre à nouveau. Le juge n'en finissait pas d'interroger Anatole de La Meule, il le suppliait de répondre, il lui expliquait qu'un poète était fait pour dire la vérité. Mais à chaque question, Anatole répondait au juge que les mobiles de ce meurtre ne le regardaient pas. « Je n'ai rien à vous dire, Monsieur le Juge. » Il ajouta : « Mais je puis vous dire mes poèmes... » Le juge consentit, espérant trouver, dans cette récitation, quelque chose qui l'éclairât. Le cinquième et le sixième interrogatoires furent entièrement consacrés aux poésies du meurtrier. Celui-ci se levait, il se plaçait devant le bureau du juge d'instruction, il commençait à déclamer. Le juge hochait la tête pour encourager à la confidence, peut-être aussi parce qu'il aimait ces poèmes, faits de vers courts, avec des mots étranges, sans syntaxe. Le greffier s'acharnait à prendre des notes, quoique Anatole parlât très vite. Tous les quatre nous avions pris l'habitude de ces réunions poétiques, et le temps passait agréablement. J'ai retrouvé dans les notes du greffier les vers ultimes que le meurtrier nous confia avant de se taire résolument :

Elle est tombée comme une feuille
Je l'ai serrée sans que le veuille
Chacune mort me met en deuil
Que mon ami, là-haut, l'accueille...

Avant qu'ils ne se quittent, le juge tendit la main à Anatole. « Je vous souhaite bonne chance », lui dit-il. Anatole remercia le juge. Il le remercia d'avoir aimé ses poèmes, car le reste importait peu, le procès, la prison, la prison pour toute une vie, seule comptait la poésie. Anatole de La Meule continuerait d'écrire. Il enverrait à Monsieur le Juge ses plus beaux poèmes. Anatole était au bord des larmes, et le juge me parut ému.

Ce fut à peu près la même scène en Cour d'assises. Anatole fit le récit de son crime, accumulant les détails au point que Monsieur le Président dut l'interrompre. C'était trop d'horreur, et le père de la victime menaçait de se trouver mal. Mais l'accusé refusa la moindre explication. Le Président s'étonna, s'indigna, tempêta, rien n'y fit. Anatole commença de lire ses poèmes, ceux qu'il avait écrits, les derniers jours, pour préparer l'audience. L'Avocat Général se mit en colère, on ne pouvait admettre qu'un assassin lût ses poèmes en Cour d'assises. Mais quelques jurés semblèrent manifester une opinion contraire, comme s'ils aimaient la poésie. Le Président chercha une voie moyenne. Il autoriserait l'accusé à dire quelques poèmes pourvu qu'il expliquât ensuite, même en vers, les mobiles de son crime. Les journalistes s'agitèrent, un poète aux assises c'était un événement, quelque chose comme le procès de Baudelaire, mieux encore. J'intervins au nom de la littérature, au nom de la liberté, la Justice n'avait pas le droit de faire taire la poésie. Mais l'accusé s'était levé, il voulait parler, il voulait s'adresser à la Cour d'assises. Le Président fit silence, et lentement le poète brailla ces quatre vers :

J'ai tué ce qu'il vous plaît,
Et même davantage...
Mon destin fut si laid
Que lui convient ma cage.

Il se rassit brutalement. Il resta muet. Un moment désemparé, le Président se décida à ne plus interroger l'accusé que sur ce dernier poème. Que signifiaient ces mots « Et même davantage » ? Avait-il tenté de violer sa victime ? Avait-il d'autres crimes à se reprocher ? S'il parlait de ce « destin si laid », la Cour devait-elle comprendre qu'il invoquait de possibles circonstances atténuantes ? Assis dans son box, Anatole de La Meule avait fermé les yeux. Il ne les ouvrit pas davantage quand l'Avocat Général requit la détention perpétuelle,

« la cage perpétuelle, pour parler comme vous, monsieur le criminel déguisé en poète ». Il ne les ouvrit pas quand je plaidai le mystère de ce crime dont on ne savait rien, l'absurdité d'un meurtre sans explication. Mais il se réveilla quand je me mis à dire quelques-unes de ses plus belles poésies, il m'approuva de la tête. C'était cela le vrai procès, la poésie dressée contre tout le reste. Le Président fermait maintenant les yeux, pour me signifier qu'il était fâché, tout près de m'interrompre, nous étions en Cour d'assises et non pas au théâtre.

« Anatole de La Meule, avez-vous quelque chose à ajouter pour votre défense ? » lui demanda le Président quand j'eus fini ma récitation. Anatole se leva. Il déclama quatre vers, peu compréhensibles, sans rapport avec l'affaire, mauvais par surcroît :

Fuyez, fuyez, là-bas où le néant frissonne,
Enfouissez l'amour,
Pourtant je n'avais à personne
Demandé si cruel secours...

« La Cour se retire », déclara solennellement le Président. Il crut bon d'ajouter : « La Cour ne fuit pas... elle se retire pour délibérer. » Je me demandai si mon client m'avait réprimandé, protestant contre un « si cruel secours ». Le délibéré dura moins d'une heure. Anatole de La Meule fut condamné à vingt ans de réclusion. « Vous aurez tout le temps d'écrire », grommela l'Avocat Général, ramassant ses papiers. Le lendemain, je reçus deux poèmes en forme de remerciements. J'écrivis au condamné pour lui dire combien je les avais aimés, et lui demander si je pouvais venir le voir, dans la prison où il serait désormais détenu. Il me répondit que c'était inutile, qu'il gardait un bon souvenir de moi. Il me souhaitait une vie agréable, ensoleillée par la poésie.

Plus de dix ans avaient passé quand j'eus de ses nouvelles. Il était détenu à Clairvaux, il me priait de lui rendre visite, une urgente visite, m'écrivait-il. Je vins aussi vite que je pus. Je ne le reconnus pas. Anatole de La Meule avait perdu tous ses cheveux, il était si maigre qu'il ressemblait à un squelette. Il parlait à peine, si bas que je dus m'asseoir à ses côtés pour l'entendre, posant mon oreille sur sa bouche.

Anatole de La Meule me dit qu'il allait mourir, dans un mois, dans un an, d'un cancer impossible à opérer, que de toute manière il n'accepterait pas d'être opéré, car il était content de mourir. Il s'essoufflait tandis qu'il parlait. Il me prit la main, par gentillesse, ou pour se donner des forces, il voulait m'expliquer son crime, il me laisserait libre ensuite de taire ou de révéler ce qu'il allait me dire. Il avait décidé de tuer au hasard, cette dame, une autre, n'importe qui, la première personne qui se présenterait, parce qu'il n'en pouvait plus d'être un poète inconnu, un génie méprisé. La vérité est qu'il n'y avait plus de place pour les poètes dans ce monde trop laid, que ce monde les ignorait ou se moquait d'eux. Alors il avait trouvé ce chemin, un mauvais chemin peut-être, pour arracher la gloire interdite à la poésie. Tous ils avaient dû connaître son nom, parler de lui, tous ils avaient lu ses poèmes, ils les avaient récités. Il eût rêvé d'être un poète célèbre. Il était devenu un assassin célèbre, un poète assassin, le plus connu, en son temps, des poètes assassins. Il ne regrettait rien.

Je lui serrai la main pour tâcher de l'aider. Il me confia que nous ne nous reverrions pas, qu'il ne parlerait à personne d'autre qu'à moi. J'étais son légataire universel, son exécuteur testamentaire, et peut-être son ami, mais il ne savait pas ce qu'était un ami.

Il voulait encore me dire qu'il s'était trompé sur tout. Enfermé dans ce lieu tranquille, il avait beaucoup réfléchi. On lui avait donné dix années pour réfléchir. Il avait découvert peu à peu la vérité, la terrible vérité : il n'était pas un poète. Il avait continué d'écrire en prison, il avait lu, relu, des centaines de fois, la plupart de ses poèmes, et il savait maintenant qu'ils étaient nuls, tous nuls, sans exception, pire que nuls, prétentieux, grotesques. Au moment de mourir, il voyait clair. Il avait tout raté, même ses poèmes, pas même des poèmes, des mots alignés, des mouches sur un carreau, un peu de bruit, un peu d'agitation, des mouches tombées, mortes, sur le parquet. Il ne restait qu'à nettoyer.

Il me priait de détruire tous les poèmes que j'avais amassés, ceux qu'il m'avait remis, ceux qu'il avait écrits pour moi. Il m'autorisait seulement à conserver ceux qui étaient venus du crime et du procès, il me léguait ceux-ci pour me remercier, pour m'honorer. Tous les autres, il me demandait de les brûler dès demain. Je le lui promis, je les brûlerais la prochaine nuit, cela durerait des heures, mais je resterais, le temps qu'il faudrait, les yeux sur le feu, sur les cendres. Il me remercia. Il me dit encore qu'il avait compris sa vie, toute sa vie si l'on pouvait parler d'une vie. Il n'était capable de rien, pas même capable de mendier, ou de porter des lettres, ou d'écrire des poèmes, pas même capable d'aimer, pas même capable de tuer car il avait tué n'importe comment, presque sans s'en apercevoir. Sa mère eût été bien avisée de l'emmener avec elle, de le tenir par la main, de courir avec lui, ce beau jour où elle était passée sous un autobus. « J'ai tout manqué... me dit-il, presque en riant,... même l'autobus... »

Il se leva. Je compris que je devais m'en aller. Il essaya de me serrer dans ses bras, de m'embrasser, mais il n'en avait plus la force. Il me tendit un papier. « Ce n'est rien », me dit-il. Il ajouta : « Adieu. » Tandis que je m'éloignais, que j'entendais mon pas qui résonnait dans les couloirs de la prison, silencieuse à cette heure, je lus ces derniers vers qu'il m'avait remis, en adieu :

Vie de rien, ce n'est rien
Le temps de la misère
Temps de rien, vie de chien
J'eus bien fait de me taire.

C'est un voisin de cellule qui m'écrivit, six mois plus tard, pour m'apprendre qu'Anatole de La Meule était mort.

DEUX DE TROP

Monsieur des Ormeaux avait une femme, une voiture, et un chien. Tout allait bien pour lui. Il marchait, en pleine forme, vers ses cinquante ans, aidé de deux séjours par an dans un palace diététique, et, s'il se sentait fatigué, d'un mois de régime alimentaire dissocié. Il dirigeait la plus grosse entreprise française de produits alimentaires, il habitait la plus belle avenue de Paris, en tout cas la plus riche, il avait acquis, sur la Côte d'Azur, une villa conforme à son standing, pourvue d'un port privé et d'un garage pour trois bateaux. Monsieur des Ormeaux était chevalier de la Légion d'honneur depuis cinq ans, bientôt officier car il avait, au Gouvernement comme ailleurs, d'influentes relations. Oui, tout allait bien pour lui. Sans doute Monsieur des Ormeaux souffrait-il de ses soucis professionnels, car il n'est pas facile de diriger une entreprise aussi puissante que la sienne dans une si détestable conjoncture, et aussi de ses migraines, ses terribles migraines, sur lesquelles il avait mobilisé deux illustres professeurs, mais comment vivre sans migraine quand on porte de telles responsabilités ?

Monsieur des Ormeaux aimait un peu sa femme.

Mathilde était bien née, plutôt belle quand il l'avait épousée, il y avait presque vingt ans. Elle était surtout très élégante, parée d'une fort jolie voix, juste un peu traînante, et aussi d'un ravissant sourire que retenaient ses bonnes manières. Monsieur et Madame des Ormeaux avaient quelques années partagé le même lit, ils s'étaient aimés comme il convenait, sans enthousiasme mais sans déplaisir, ils n'avaient pas eu d'enfant car elle était incapable d'en faire. Puis le temps, l'habitude, les difficultés de leurs sommeils respectifs, l'amollissement aussi du corps de Mathilde, vite perceptible quoiqu'elle eût dix ans de moins que lui, tout les avait conduits à faire chambre à part, à ne jamais plus se rejoindre la nuit. Cependant ils s'embrassaient affectueusement avant de se coucher. Ils prenaient le petit déjeuner ensemble. Ils étaient mari et femme, et nul ne songeait qu'il pût en être autrement.

Monsieur des Ormeaux avait des maîtresses. On ne pouvait occuper à Paris une situation comparable à la sienne sans avoir des maîtresses. Il était très courtisé, disait-on, très généreux, mais il manquait de temps, ce n'était pas sa faute, c'était le fait de ses responsabilités. Ses maîtresses, il ne les choisissait que mariées, si possible mères de petits enfants, peu disponibles, belles bien sûr. Il les souhaitait provocantes, éprises de cuir noir, il les voyait cinq ou six fois, jamais plus, dans les grands hôtels, et, s'il était vraiment séduit, le temps d'un petit week-end en Italie. Puis il accomplissait la rupture. Il avait mis au point un discours tendre sur l'obligation de se quitter, de ne jamais se laisser prendre par l'habitude, il offrait un joli cadeau, un ultime cadeau qu'elle refusait d'abord, puis qu'elle acceptait, résignée, pour garder malgré tout quelque chose de lui. Pas question de s'écrire, de se téléphoner, c'était fini. Quand ils se rencontraient, quelques mois ou quelques années plus tard, dans un dîner, ils échangeaient, en prenant garde, des regards chargés de souvenirs, et quelques mots mystérieux, veillant à ne pas se tutoyer, comme ils devaient, en une telle circonstance, pour être à la fois décents et délicats.

Monsieur des Ormeaux ne pensait pas que sa femme le trompât. Il savait que Mathilde plaisait, elle aimait qu'on la courtisât, et Monsieur des Ormeaux n'eût pas supporté d'avoir une femme vilaine et maladroite, les gestes de Mathilde étaient faits pour séduire, séduire les hommes, séduire les femmes, et tout ce qui passait. Mathilde avait reçu beaucoup en partage, la distinction, la grâce, et le charme d'un corps bien élevé. Sa coiffure et ses toilettes disaient son aisance, ses parfums sentaient sa réussite, mais de là à prendre un amant il y avait un monde. Mathilde allait de temps en temps à la Messe, elle se confessait une fois par an, selon l'usage, au moment de Pâques, pour être en état de communier dignement. Non, Mathilde ne pouvait pas avoir d'amant. Qu'elle échangeât des sourires, peut-être des lettres, qu'elle prît le thé avec un homme dans un lieu discret, Monsieur des Ormeaux l'imaginait parfois, quand l'hiver était trop froid ou quand revenaient ses migraines, mais que Mathilde le trompât, il ne pouvait le croire. Mathilde était trop loyale, trop prudente aussi pour tromper un mari tel que lui. Mathilde ne faisait l'amour avec personne, elle ne touchait personne, ni lui ni quiconque, et cela semblait naturel à Monsieur des Ormeaux, car l'amour, chez les femmes, n'a qu'un temps, un temps court, c'est aux hommes qu'il pose de longs problèmes. Peut-être certaines femmes tentent-elles de prolonger le temps de l'amour, par déséquilibre, ou par intérêt, mais Monsieur des Ormeaux savait que Mathilde était trop sage pour être capable de tels débordements. Elle ne portait d'ailleurs à son corps qu'un intérêt secondaire, préoccupée d'abord de sa toilette, de ses bijoux, de ses fourrures. Sans doute se passionnait-elle pour ses cheveux, elle allait chez le coiffeur trois fois par semaine, laissant des factures insensées, mais les cheveux font partie de la toilette et non du corps. Que sa femme pût se faire l'amour à elle-même, Monsieur des Ormeaux l'admettait dans le principe, quoiqu'il répugnât à imaginer une scène pareille. Du moins, si les choses se passaient ainsi, n'était-il pas ridicule. Non, Mathilde ne le trompait pas.

Le chien, ils l'avaient acheté ensemble, pour l'anniversaire de Mathilde. Ils avaient choisi un grand labrador, de très bonne famille, tout jeune et frémissant. Mathilde se moquait des dames à petits chiens, elle n'aimait, disait-elle, que les grosses bêtes, les chevaux, les taureaux, les bergers allemands, elle n'aimait ni les fourmis ni les rats, elle n'aimait pas non plus les petits bijoux, ni les lèvres trop minces, elle n'aimait que ce qui se voyait bien. C'était le jour de ses quarante ans, un jour difficile à vivre pour Mathilde. Elle avait mauvaise mine, l'air soucieux. Ils n'avaient pas échangé trois mots au petit déjeuner, juste parlé du temps, il pleuvait comme la veille, le pire des mois d'avril. Il lui avait dit soudain : « Je t'emmène acheter un chien », elle avait été contente car elle savait qu'il n'aimait pas les chiens, qu'il faisait pour elle un grand sacrifice. Monsieur des Ormeaux était un excellent mari, riche, puissant, mais attentif aussi. Il avait recherché pour elle le plus beau des cadeaux. Il y ajouta un manteau de vison, qu'elle alla choisir seule, le lendemain, car il n'y connaissait rien. Ce furent de bonnes journées. Ils s'aimaient bien.

Le chien fut livré le samedi qui suivit. Elle l'appela César, du nom d'un chien que lui avaient offert ses parents quand elle avait seize ans, pour qu'elle ne regardât pas les garçons, un chien vite écrasé. César se comporta aussitôt en maître. Il courait partout, dans l'immense appartement, il renversait les meubles, il grimpait sur les tables, il aboyait dès qu'il apercevait une mouche, il poursuivait les domestiques terrorisés qui s'enfermaient à la cuisine et n'osaient plus porter les plats. Mais César était tendre et drôle, il passait et repassait entre les jambes de Mathilde, dès qu'elle s'asseyait il lui sautait dessus, il la renversait presque, il lui léchait le visage. Mathilde le promenait trois fois par jour, il la tirait violemment en avant, il l'entraînait dans ses voyages, elle se laissait emporter, heureuse de le suivre, émue par tant de curiosité et d'énergie. César ne mordait personne. Toujours il allait se frotter, dans la rue, contre les jambes des femmes, Mathilde s'en inquiétait, elle lui faisait de doux reproches. Elle s'amusait. César la rendait heureuse.

Monsieur des Ormeaux s'amusait beaucoup moins. Cédant au goût de Mathilde, il avait été trop gentil, faible comme à l'ordinaire. Ce chien était laid, sans poil, indécent, et vite grossier. Monsieur des Ormeaux avait connu des chiens bien éduqués, chez son père, dans la propriété de la famille, des chiens qui restaient derrière la porte, qui n'entraient au salon que s'ils y étaient invités, des chiens qui attendaient, la bouche ouverte, qu'on leur prêtât un moment d'attention, des chiens qui ne se frottaient à personne. César ressemblait à son temps, vulgaire et sans éducation, lourdement sensuel. Le pire était que Mathilde ne faisait rien pour élever César, tout au contraire. Elle le caressait afin qu'il se couchât sur elle, elle se faisait lécher le visage en souriant, elle lui tapotait le ventre en répétant « mon César », « mon bon chien, » « mon chéri ». La nuit, elle le prenait dans sa chambre, car César ne pouvait dormir seul, il était encore trop jeune, et surtout trop sensible. Le matin, elle appelait César pour qu'il la rejoignît dans la salle de bains, il la regardait prendre son bain, les pattes avant posées sur le bord de la baignoire, il lui léchait à nouveau le visage. Monsieur des Ormeaux s'appliquait à ne pas trouver César tout à fait antipathique. Il aurait voulu lui apprendre, peu à peu, les bonnes manières, mais Mathilde semblait joyeuse que César fût mal élevé, qu'il la renversât, qu'il se vautrât contre elle, qu'il bavât sur elle. Monsieur des Ormeaux ne comprenait guère le comportement de Mathilde, elle d'ordinaire si distante, si soucieuse des convenances. Heureusement qu'ils n'avaient pas eu d'enfant.

Parce qu'il était agacé, parce qu'il voulait enfin penser à soi, rien qu'un peu, lui qui ne se préoccupait jamais que des autres, Monsieur des Ormeaux décida de changer de voiture, et de s'offrir la superbe Mercedes blanche qu'il avait repérée au précédent Salon de l'Automobile. Différent de tous les chefs d'entreprise, Monsieur des Ormeaux se refusait à employer un chauffeur. Son train de vie était tel que nul ne pouvait se méprendre : ce refus obstiné était un caprice, un élégant caprice. Monsieur des Ormeaux avait la passion des voitures. Il en changeait tous les ans. Il adorait les voitures neuves, longues, souples, parées de mille accessoires. Il aimait leur parfum, il aimait s'étendre sur elles, sur la banquette avant, sur la banquette arrière, et sur le capot si personne ne le voyait. Il aimait que sa voiture lui parlât, qu'elle lui indiquât qu'une porte était ouverte ou qu'il devait mettre sa ceinture. Il aimait la conduire, la conduire vite et bien, partir avec elle, prendre des risques, les partager, aller avec elle en voyage, n'importe où, de préférence en Italie, ou en Espagne. Mais il l'aimait surtout, sa voiture, quand elle était immobile, quand elle l'attendait, et qu'il y entrait. Elle était la plus belle, la plus aimable. Jamais elle n'eût voulu le contrarier, jamais un mouvement qu'il n'eût prévu, commandé. Elle était à lui, il était à elle, tous deux si bien ensemble.

Il alla chercher sa Mercedes blanche le samedi qui suivit l'arrivée de César. De changer de voiture ne lui causait jamais ni problème ni chagrin. Elle avait été attentive, fidèle, c'était fini, c'était tout simple, il l'oubliait dans l'heure. Ce qu'elle deviendrait, il ne le saurait pas. Il l'avait aimée le temps de leur rencontre, et maintenant il aimait la nouvelle, plus jeune, plus belle, encore inconnue, il savait qu'il ne l'aimerait qu'un temps, mais qu'importe, chacune remplaçait l'autre, chacune avait chassé la précédente. Ainsi allait la vie.

Sa Mercedes blanche le combla. Monsieur des Ormeaux raffolait du blanc, celui de la neige en montagne, des robes légères, transparentes, faites pour la plage, le blanc des femmes déguisées en vertus. Sa Mercedes lui parut la plus séduisante de celles qu'il avait rencontrées, et la plus distinguée, longue, dure, apparemment austère comme il la voulait. Elle semblait un peu distante. Elle se taisait. Elle l'attendait.

Ce samedi soir, Monsieur et Madame des Ormeaux allèrent dîner dans un restaurant qu'il avait choisi pour elle. La cuisine était raffinée, les maîtres d'hôtel parfaitement inclinés. Surtout on retrouvait, de table en table, des gens connus, on échangeait des signes complices, des regards, des sourires. Mathilde adorait ces restaurants, elle aimait parler de ceux qu'elle apercevait, connaître ou deviner leurs liaisons, être au courant de tout. Monsieur des Ormeaux appréciait ces lieux-là moins que sa femme, le rapport qualité-prix lui paraissait déraisonnable, toujours il redoutait de voir, à la table voisine, une femme qu'il chercherait à éviter, et il n'aimait pas vraiment papoter. La vérité était qu'il s'ennuyait avec Mathilde. Il ne pouvait lui parler de ses affaires, qui ne l'intéressaient pas, elle ne savait parler que des gens, ou des soucis domestiques, il ne l'écoutait pas. Ils ne se retrouvaient que pour commenter les plats, le vin surtout, car ils aimaient l'un et l'autre le bon vin, et pour imaginer de vagues projets, discuter de voyages qu'ils ne feraient jamais. Monsieur des Ormeaux ne cessait de regarder sa montre, il devait rentrer se coucher, car la journée de demain serait rude, le travail un enfer. Elle aussi, sans doute, souhaitait dormir.

Ce soir-là, le dîner fut un désastre. Tout commença lorsque Mathilde le prévint qu'ils ne pouvaient pas laisser César à la maison, César ne devait pas rester seul. Il serait trop malheureux, et, de toute manière, elle avait prévenu César, on ne pouvait pas le décevoir. Monsieur des Ormeaux discuta, protesta. Il savait que ce restaurant n'acceptait pas les chiens. Elle objecta qu'un restaurant qui n'admettait pas les chiens était un restaurant d'imbéciles, et que l'on pouvait en trouver un autre, plus intelligent. Il fit valoir qu'elle donnait à son chien de mauvaises habitudes, qu'elle le conduisait au pire destin, elle rétorqua que c'était son problème à elle, non à lui, et que d'être aimé n'était jamais une mauvaise habitude. Il céda, ils descendirent tous les trois, elle fit connaissance de la Mercedes de son mari, elle n'eut pas un mot. Monsieur des Ormeaux ouvrit toutes les portes, César se jeta dans la voiture, il s'installa debout, les quatre pattes sur la banquette arrière, il commença de mordiller les sièges avant, de leur faire mal. C'est alors que Monsieur des Ormeaux commit sa première erreur et tapa sur la tête de César, d'un geste sans violence, autoritaire cependant. Mathilde tenait encore la porte ouverte, prête à s'asseoir, elle lui dit sèchement : « Tu es fou... tu es fou à lier... » Il tâcha d'arranger les choses, il feignit d'interroger sa femme, sans plus s'occuper de César qui continuait de se mal conduire : « Comment trouves-tu ma Mercedes ? » « Grosse... prétentieuse... », répondit-elle. Ils s'assirent côte à côte, ils ne se dirent plus un mot. Ils partirent. Monsieur des Ormeaux vit dans son rétroviseur que César léchait le cou de Mathilde. Sa Mercedes les emmenait, discrète, et délicate, mais Mathilde ne voyait plus rien. Elle ne pensait plus qu'à César qui lui léchait le cou.

Au restaurant ce fut pire. On consentit d'accepter le chien, tenu en laisse. Mathilde crut tenir César, mais il ne cessa de bondir, il se précipitait sur toutes les tables, elle tentait de le séduire par des gestes doux, avec des mots tendres, « sois sage, mon César », « sois tranquille, mon chéri », elle l'embrassait, elle lui caressait la bouche, elle distribuait des sourires autour d'elle pour que tous ils se prennent d'amitié pour César, Monsieur des Ormeaux n'en pouvait plus de ce chien odieux, de cette femme soumise à ce chien odieux, de cette vie qui n'avait aucun sens. Sa Mercedes l'attendait devant la porte du restaurant, disponible, haletante, ce n'était pas possible que le monde fût si injuste, César installé comme un roi, qui les martyrisait tous, et sa Mercedes, si douce, abandonnée dans la rue !

En une heure ils n'ont pas échangé dix mots. « Mathilde, il est temps de rentrer », soupire Monsieur des Ormeaux. Il demande l'addition. « Si César te dérange, lui répond-elle, tu peux me le dire... » Il ne veut plus qu'éviter le drame, il feint de ne pas entendre. Il règle sa note en semblant ne pas la voir, selon l'usage des gens distingués, il laisse un énorme pourboire pour faire oublier le chien, il se lève, mais Mathilde reste assise. « Je ne veux pas te déranger, lui dit-elle, je rentrerai en taxi... avec César... Sois tranquille, il ne salira pas ta Mercedes. » Est-elle devenue folle ? Monsieur des Ormeaux ne peut supporter un incident public.

Toutes les tables, qui les entourent, les observent, sa réputation est en cause, et celle de son entreprise, et tout le reste. « Je t'attendrai à la maison », répond-il presque aimablement. Il veut, pour ceux qui les entendent, laisser croire que tout est prévu, conforme à un projet commun. Il va à sa Mercedes, elle est là, elle l'attend, prête à l'emmener, prête à le consoler. Elle ne lui dit pas un mot de Mathilde et c'est bien, car il ne supporterait pas que sa Mercedes lui parlât de Mathilde. Ils s'en vont tous les deux, elle est silencieuse, lui aussi, juste le bruit de leurs cœurs. La ville est folle ce soir, toute illuminée. Il rentre furieux.

Quelques jours ils firent effort, Mathilde et lui, pour retrouver la vie d'autrefois. Sous des prétextes divers, il laissa sa Mercedes au parking, il convoqua des taxis pour emmener Mathilde, pour qu'ils aillent ensemble dîner en ville ou applaudir d'ennuyeux spectacles à des jours réservés. Elle accepta, pour l'apaiser, de laisser César seul un soir sur deux. Mais ils voyaient l'un et l'autre que rien n'était plus comme avant. Monsieur des Ormeaux était malheureux dans le taxi, il ne cessait de réprimander le chauffeur, la voiture faisait trop de bruit, la radio aussi, on avait trop chaud, ou trop froid, on était mal assis. Monsieur des Ormeaux n'était plus le même, il devenait hargneux, agressif, presque mal élevé. Les soirs où ils sortaient sans César, Mathilde semblait absente. Elle ne cessait de regarder sa montre, cette montre que son mari lui avait offerte le jour de ses trente-cinq ans, cette montre, enserrée dans de petits diamants, qui ne lui servait plus maintenant qu'à penser à César, à calculer le temps qui la séparait de César, à s'impatienter de chaque minute vécue sans lui. Un matin elle dit à son mari qu'ils ne devraient plus prendre leur petit déjeuner ensemble, cela n'avait aucun sens. Lui devait partir tôt pour travailler, elle avait peur de le retarder. Elle souhaitait prendre ce premier repas avec César, non pour elle, mais pour lui. César était triste, il ne tolérait pas de rester enfermé dans la chambre, il grattait la porte, il ne pouvait comprendre, c'était mauvais pour son équilibre. Monsieur des Ormeaux lui répondit sèchement : « Je vous souhaite à tous deux de bons petits déjeuners. » Il prit désormais seul son café et son croissant.

Cela dura deux ou trois mois. A vrai dire, César devint, avec le temps, moins exigeant. Il cessa de monter sur les meubles, de faire peur aux domestiques, il n'aboya plus à tout moment, comme un imbécile. Il acquit quelques bonnes manières, et quand Monsieur des Ormeaux rentrait le soir, César allait volontiers l'accueillir. Il n'osait lui mettre les pieds sur le ventre, il grognait aimablement en remuant la queue. Mais sitôt que Monsieur et Madame des Ormeaux se trouvaient ensemble, bavardant au salon, ou dînant, les rares soirs où ils dînaient chez eux, César se vautrait sur Mathilde, elle devenait idiote comme lui, ils se caressaient poitrine contre poitrine. César écartait les pattes, laissant paraître son sexe ridicule. Ils s'embrassaient, Monsieur des Ormeaux feignait de ne pas voir leurs bouches ruisselantes afin de ne pas quitter la table. La vérité est qu'il ne supportait plus la présence de César.

Mathilde se prit, étrangement, d'une hostilité pire à l'égard de cette Mercedes blanche que Monsieur des Ormeaux entourait de ses soins. Il ne cessait de parler d'elle, de vanter sa souplesse et sa fermeté, sa beauté surtout. Un jour, rentrant à la maison, Mathilde surprit, devant la porte de l'immeuble, son mari qui passait une nenette sur le dos de la Mercedes. De sa main appliquée, fiévreuse, il la frottait avec une passion que Mathilde ne lui avait jamais connue. Sa Mercedes, il la voulait resplendissante, et soumise bien sûr, car cet homme n'appréciait que les gens dociles. Mathilde savait qu'il avait pris des photos de sa Mercedes, sous tous ses angles, elle les avait découvertes dans le tiroir où il croyait cacher ses papiers. Elle n'en pouvait plus de cette voiture, ni de ce mari presque gâteux qui ne la regardait plus et qui haïssait César. Elle décida d'aller voir un avocat.

Elle l'annonça à Monsieur des Ormeaux le soir même, quand il rentra, apparemment épuisé, toujours épuisé quand il sortait de sa Mercedes. Mathilde avait enfermé César dans sa chambre, elle ne voulait pas qu'il les entendît s'expliquer. Il était bien trop sensible, il gémissait derrière la porte.

« J'ai vu mon avocat », dit-elle à son mari.

Ils étaient debout, face à face, dans ce salon où ils avaient vécu ensemble près de vingt ans, sans tendresse et sans drame. Elle resta debout pour l'empêcher de s'asseoir. Ils étaient seuls une dernière fois peut-être, Mercedes en bas, César derrière la porte.

Monsieur des Ormeaux répondit d'une voix presque solennelle : « Tu es libre de faire ce qu'il te plaît... tu sais que tu ne manqueras jamais d'argent... » Il ajouta : « Tu le sais très bien... cela sans doute t'autorise à partir... » Elle écoutait César qui grattait la porte de plus en plus fort. Elle avait honte, elle laissait César seul, et elle se laissait insulter.

« Rejoins ton chien », lui commanda Monsieur des Ormeaux. Elle revint dans sa chambre. Il alla dans la sienne. Ce fut leur dernière nuit. Vers cinq heures le matin, il se leva, il voulut en avoir le cœur net, il s'habilla, il entra précipitamment dans la chambre de Mathilde. « Ça sent le brûlé », hurla-t-il pour se donner un prétexte. Elle se réveilla soudain. Il savait désormais ce qu'il voulait savoir, César dormait dans le lit de Mathilde, dans ses draps, dans ses bras. Monsieur des Ormeaux n'était plus rien qu'un mari grotesque. Il claqua les portes, il descendit l'escalier en courant, sa Mercedes l'attendait. Il s'y jeta, il partit avec elle.

Ils divorcèrent sans drame. Mathilde a gardé l'appartement. Elle y vit avec César, mais celui-ci a commencé de vieillir. Il a perdu de sa force, de sa grâce, il est moins tendre et sans cesse plus exigeant. Mathilde et lui ont décidé de faire chambre à part. Monsieur des Ormeaux a cédé sa Mercedes, elle a trouvé preneur, une occasion, sans doute, une très belle occasion. Il a été triste, mais il faut savoir se quitter, il ne faut pas s'abandonner aux habitudes, il lui a souhaité une vie agréable. Il en a trouvé une autre, plus jeune, plus longue, noire, presque exotique. Il est fou d'elle. Ils vont partir ensemble en Italie. Il voudrait écrire à Mathilde, mais il n'ose. D'ailleurs, il n'a rien à lui dire. C'est idiot qu'ils aient raté leur vie, mais c'est la vie.

L'ABBÉ MUCHE

L'abbé Muche était devenu prêtre pour faire plaisir à sa mère. Elle était veuve, triste, pieuse, elle tenait courageusement la ferme, elle travaillait jour et nuit, les moutons, les chèvres, les ruches, la cuisine, le ménage, la lessive, jamais elle n'avait eu personne pour l'aider que son fils unique, son Joseph, elle voulait qu'il fût prêtre car elle ne connaissait que deux métiers convenables hors des champs, prêtre ou médecin. Médecin, c'était trop d'études. Son fils prêtre l'aiderait à mourir. Ainsi Joseph Muche devint-il prêtre, comme ça, pour que sa mère fût contente. Tout gosse il n'avait déjà qu'un rêve, ne faire de peine à personne. Il était incapable de rien faire d'autre.

Joseph Muche n'avait quitté le village que le temps du séminaire. Il y avait été malheureux. Il avait fréquenté des garçons bizarres, et d'autres méchants. Il s'était appliqué à être gentil avec eux. L'un d'eux l'embrassait tous les soirs. « Je ne peux vivre sans toi », répétait-il, et Joseph Muche l'embrassait vaguement, lui expliquant que tous ils vivraient ensemble, tous heureux, toute l'éternité. Un autre séminariste le frappait violemment, mais Joseph Muche n'osait lui répondre, il avait peur de le décevoir. Beaucoup se moquaient de lui. On l'appelait « Sainte Marie, mère de Dieu ».

Ordonné prêtre, l'abbé Muche avait eu la chance de revenir au village. Il desservait trois paroisses, mais ce n'était pas un gros travail. Il eut le temps de s'occuper de sa maman, sa maman de plus en plus vieille et qui en demandait toujours davantage. Il dut s'occuper des moutons, faire les courses et le ménage. Elle exigea la communion tous les jours, et chaque soir il allait chercher pour elle une hostie consacrée qu'il plaçait dans une jolie boîte avant de la lui offrir. Quand sa maman sentit venir la mort, elle voulut se confesser chaque matin, puis deux fois par jour. Elle parlait à son Joseph plus d'une heure, elle n'avait rien à dire, aucun péché, mais elle lui racontait son enfance et sa jeunesse, et tous les tourments de son mariage jusqu'à la naissance du fils, et l'heureuse mort du mari. Elle demandait à l'abbé Muche qu'il priât avec elle, de longues prières dans la nuit. Il fit tout ce qu'elle voulait. On voyait bien au village qu'il se fatiguait, mais il se fatiguait pour sa mère et c'était un exemple. Elle mourut avec tous les sacrements, et dans les bras de son fils. Alors l'abbé Muche vendit la ferme. Il acheta une maison dans le village, et le temps passa.

Jour et nuit, l'abbé Muche s'appliqua à ne mécontenter personne. Il remplissait son office de prêtre comme chacun le voulait. Il confessait très lentement ceux qui avaient des tas de choses à dire, il leur parlait des heures s'ils l'espéraient, mais le plus souvent il faisait vite, car il craignait que la confession ne fût douloureuse, en tout cas difficile. Il ne posait aucune question, de peur d'être indiscret. Il remettait tous les péchés, grands et petits, avec un doux sourire, il eût préféré mourir que refuser l'absolution. Il voulait qu'ils repartent tous pardonnés, heureux. Toujours il ajoutait au dernier moment : « Priez pour moi », par gentillesse, pour faire plaisir, il ne croyait guère à la prière, il priait très peu, juste ce qu'il devait, mais il pensait que de prier pour un prêtre pouvait faire du bien. Il répétait : « Priez pour moi... je vous remercie. » Il semblait éperdu de reconnaissance.

Pour la communion, c'était pareil. Il la donnait à qui la désirait. L'abbé Muche savait que quelques-uns communiaient en état de péché mortel, qu'ils s'accouplaient avec leurs brebis, ou qu'ils s'efforçaient de faire mourir leur vieille mère, tenant la fenêtre ouverte afin qu'elle prît un grand froid. Il savait que d'autres dégustaient plusieurs apéritifs avant de venir communier, et que parfois ils s'empiffraient. Cela lui importait peu, il ne pouvait pas refuser l'hostie, il ne pouvait chagriner quiconque. A lui, l'hostie ne disait rien, il la remuait dans sa bouche comme un morceau de pain. Mais il était content si l'hostie et lui pouvaient, ensemble, faire un peu plaisir.

Aussi célébrait-il la Messe à n'importe quelle heure, deux ou trois fois par jour, comme chacun le voulait. Il souhaitait rendre service à tous, aux paysans, aux commerçants, au médecin, au conseil municipal, et même aux quelques vacanciers qui venaient au village en juillet et en août. Il s'ingéniait à ce que sa Messe fût longue s'il y voyait beaucoup de vieux qui y prenaient goût, ou très courte s'il apercevait des jeunes pressés de partir. Parfois il la commençait longue, puis il décidait de la raccourcir, il la bâclait pour l'adapter à l'attente de ceux qui avaient bien voulu se déranger. Il se retournait à tout moment, pour les observer, pour deviner ce qu'ils espéraient, il tâchait de tous les satisfaire, ceux que la Messe ennuyait et ceux qui rêvaient de messes interminables et solennelles. L'abbé Muche eût tant aimé que tous ils repartent contents.

Quand il montait en chaire, il s'appliquait à ne dire que des choses agréables, et à annoncer de bonnes nouvelles. Tous ils iraient au ciel, tous ils partageraient le bonheur éternel, c'était sûr, mais en attendant aimez-vous les uns les autres, et réjouissez-vous, car Dieu a le visage du bonheur, il répétait volontiers ces mots qu'il avait trouvés dans un livre. Mais il se faisait que l'abbé Muche aperçût des gens vieux, ou tristes, qui attendaient qu'il parlât de la mort, et de l'enfer surtout, de l'enfer promis à ceux qui manquaient à la loi de Dieu, aux jeunes qui volaient, aux femmes qui couchaient avec n'importe qui, voués au feu éternel. Il avait bien de la peine à tenir ce méchant discours, mais il ne voulait pas non plus décevoir ceux qui en avaient besoin. Alors il disait des choses contradictoires, successives ou mélangées, il faisait une soupe épaisse d'enfer et de ciel, de vie et de mort, de souffrance et de joie. Chacun tentait d'y prendre ce qu'il voulait. Les sermons de l'abbé Muche devenaient souvent incompréhensibles. Il le lisait dans les yeux des fidèles, quelques-uns s'endormaient, d'autres allaient faire un tour. C'est pourquoi il avait renoncé, ou presque, à prêcher à l'église. Il préférait prendre chacun par le bras, marcher avec lui, lui dire ce qui pouvait lui plaire.

Tous soupçonnaient au village que l'abbé Muche ne

croyait pas en Dieu. De Dieu il ne parlait guère, un peu du Fils, très peu du Père. On ne le voyait pas prier. Il ne s'intéressait à rien qui concernât l'Eglise. Quand le Pape mourut, l'abbé Muche ne s'en aperçut pas. On le vit au café ce soir-là. Tout cela n'avait pas d'importance, pourvu qu'il fût bon prêtre, car il n'y avait que de vieilles bigotes pour croire vraiment en Dieu, les bigotes qui s'agenouillaient sur les dalles de l'église et qui priaient en se frappant la poitrine, et qui allumaient des cierges pour implorer les Saints. Au village, personne qui fût raisonnable ne croyait en Dieu. D'ailleurs, on ne pouvait pas dire que l'abbé Muche n'y croyait pas du tout, il y croyait comme chacun. Il croyait qu'il y avait, là-haut ou ailleurs, quelqu'un qui pouvait faire n'importe quoi. Ce pouvait être Dieu, ou un autre, et l'abbé Muche priait au hasard, peut-être pour être agréable à Dieu, surtout parce qu'il faisait son boulot, et qu'il aimait le bien faire. La plupart trouvait qu'il travaillait bien.

Tant que le village demeura pareil à lui-même, l'abbé Muche mena une vie tranquille. Il fréquentait les pauvres, et les moins pauvres, et les plus fortunés, ce n'était pas leur faute s'ils avaient de l'argent, l'abbé Muche était incapable de leur en vouloir, il allait dîner chez eux, il trouvait les repas longs, le temps long, il suivait mal les conversations, il craignait de décevoir, il invoquait sa fatigue et il partait en s'excusant. Il espérait n'avoir contrarié personne. Avec les pauvres il était mieux. Tout lui paraissait plus simple, il savait comment les satisfaire, mais les pauvres l'invitaient peu. L'abbé Muche aimait les braves gens, il marchait avec eux sur la route, ou il les retrouvait au café. Il aimait aussi les méchants, la Borgne, dont on racontait qu'elle avait tué son mari, Hugues le boucher, qui fréquentait quatre femmes, et le garagiste, qui avait fait fortune bizarrement. Quelques-uns critiquaient l'abbé Muche et ses mauvaises fréquentations, mais après tout il était prêtre, il s'appliquait à faire plaisir aux méchants, il leur mentait, les assurant que tout le monde les aimait, il eût voulu leur porter des boîtes de bonheur avec de jolies ficelles. L'abbé Muche ne manquait aucune fête du quatrième âge, aucun bal du 14 Juillet. Il invitait les jeunes filles à danser, elles l'invitaient à leur tour, il dansait mal, on riait de lui, il riait que l'on riât de lui. Il veillait sur chacun, il allait vers le vieux auquel nul ne parlait, il criait à l'oreille du sourd. Il ne rentrait se coucher que si tous lui semblaient heureux. Il se couchait très tard.

L'abbé Muche allait vers ses cinquante ans quand la politique commença de déchirer le village. De tradition, tous votaient à gauche, la plupart en tout cas. Le village votait à gauche comme d'autres votaient à droite, on se plaignait du conseil municipal, du député, du gouvernement, mais on votait à gauche, c'était comme ça. Et voici que les temps modernes, la crise, l'Europe, les impôts, les gens des villes qui venaient en vacances, tout s'assembla pour gâcher, en quelques années, la vie du village. On commença de se diviser, et parfois de se brouiller. Il y avait maintenant plusieurs manières d'être à gauche, et aussi d'être à droite. Il était inévitable que l'abbé Muche fît difficulté. A gauche ? A droite ? De quel parti ? Et que disaient son grand sourire et sa main tendue ? Certains le prétendaient communiste, rêvant du grand soir, se battant secrètement pour que les riches devinssent pauvres, ou plutôt pour que les pauvres devinssent riches. D'autres soutenaient qu'il était proche de l'extrême droite, car il était l'ami du boulanger, il promettait la sécurité à chacun, et il pleurait parfois en regardant le monument aux morts. Quelques-uns estimaient qu'il n'était nulle part, ou partout, à la manière d'un prêtre, mais l'heure n'était plus au mystère, l'abbé Muche devait être quelque part. Les jours d'élections, on le guettait, on le suivait quand il prenait les bulletins, on essayait de repérer ceux dont il s'était débarrassé. On étudiait ensuite les résultats proclamés, le partage des suffrages, pour tenter de classer son vote. L'idée se répandit peu à peu que l'abbé Muche était politiquement étrange, enfermé dans le secret. On découvrit que son grand-père avait été anarchiste. L'évêque reçut plusieurs lettres, dénonçant les bizarreries de l'abbé Muche. Ce n'était pas un vrai prêtre, et il serait souhaitable que le village en change.

L'abbé Muche s'aperçut, à de très petits signes, des regards dissimulés, des poignées de main molles, des conversations à voix basse, qu'il commençait à déplaire à quelques-uns. Il en souffrit. Il se répandit en marques d'attention, en visites affectueuses, en sacrements distribués, en promesses de bonheur éternel, mais il vit que ses efforts étaient vains. Sans doute faisait-il de la peine à beaucoup, sans le vouloir. Or plus il vieillissait, moins il supportait de faire de la peine. Il devint, peu à peu, malheureux.

La réputation de l'abbé Muche était déjà fragile quand un mauvais coup lui fut porté. Il fut aperçu, devant l'église, parlant à un gitan qui sortait de prison, lui souriant comme à un ami. Cela, même un prêtre ne pouvait le faire. Puis vint le drame. La belle Simone n'était pas exactement une putain. Elle ne demandait pas d'argent. Mais elle couchait avec tout le monde. Elle était grande, bien faite, ses cheveux jetés sur le visage cachaient mal une bouche terrible. Elle allait, les cuisses serrées dans ses minijupes au point qu'elle avait du mal à marcher. Elle baisait, disait-on, comme personne, et toutes les femmes du village la détestaient. Pourtant, la belle Simone n'était pas méchante, elle ne voulait séparer aucune femme de son mari, elle n'était pas malade, elle faisait quelques ménages et semblait vivre de son travail. Mais elle aimait les hommes, elle les emmenait dans les champs ou dans les bois, jamais loin. Elle cherchait du plaisir. Elle en donnait plus encore. Elle riait tout le temps. On disait qu'elle rêvait de se faire engrosser.

Elle croisa l'abbé Muche, un lundi soir, tout près du monument aux morts. La nuit commençait de tomber, la place était déserte. Elle vint vers lui, agitant ses fesses, elle le salua, elle l'appela « Monsieur le Curé », « Monsieur le Curé, je suis sans travail... je cherche des ménages... vous ne pourriez pas m'en trouver ?... S'il vous plaît, Monsieur le Curé... » L'abbé Muche remarqua qu'elle avait les seins largement dénudés, et que le rouge de ses lèvres s'était répandu sur ses dents. Elle cherchait du travail, l'abbé Muche ne pouvait la laisser repartir comme elle était venue, il ne pouvait l'attrister. Il réfléchit très vite. Depuis la maladie de sa mère, il faisait seul le ménage, un très petit ménage, vite fait, n'importe il le lui offrit, deux heures par semaine, c'est tout ce qu'il pouvait lui proposer, tout ce qu'il pouvait payer, il s'excusa. Elle se jeta sur lui pour l'embrasser sur la joue, tant elle était joyeuse, il retroussa sa soutane pour nettoyer son visage, elle avait dû laisser des traces. L'abbé Muche se demanda s'il ne s'était pas compliqué la vie, mais tant pis. Il avait fait plaisir à la belle Simone.

Elle vint travailler chez lui, tous les lundis, deux heures par semaine. Le village s'étonna. Beaucoup de vieilles, et de moins vieilles, s'indignèrent, car un prêtre n'emploie pas une putain. Quelques maris essayèrent de défendre l'abbé. On raconta l'histoire du Christ et de Marie-Madeleine, mais le Christ était le Christ, et la belle Simone bien pire que la Marie-Madeleine. On commença de jaser, au café, puis à l'épicerie, puis à l'église, où l'abbé Muche prétendait dire la Messe. On les avait vus, par une fenêtre, s'embrasser. Le pharmacien, qui disposait en ce domaine d'une particulière autorité, jura qu'ils couchaient ensemble. On prétendit que la belle Simone avait un peu rallongé ses jupes, que l'abbé Muche ne parlait plus de la même manière, qu'il marchait autrement. C'était sûr qu'il était son amant. « Comment lui résister ? » disaient les hommes, en soupirant pour être compris. « Elle se les sera tous faits », commentaient les femmes. Tous, on pouvait à la rigueur l'admettre. Mais l'abbé Muche, ce n'était pas possible. L'évêque fut averti.

L'abbé Muche fut rappelé à l'ordre. Il dut prier la belle Simone de le quitter. Il était désolé, honteux. Il lui offrit, pour la consoler un peu, une indemnité qu'elle consentit d'accepter, et il lui donna plusieurs meubles, venus de sa maman, qui pouvaient agrémenter sa vie, car elle était très mal logée. L'abbé fut contraint de distribuer, plus encore que d'habitude, ses sourires, ses conseils éclairés, sa charité toujours disponible. Il décida de confesser et de porter la communion à domicile. Mais l'église était, chaque jour, plus déserte. Ce n'était pas vraiment la faute de l'abbé, les temps nouveaux le voulaient, l'église ne se remplissait que les jours d'enterrement. L'abbé Muche prononçait alors de belles homélies. Il promettait la paix et le bonheur, et même la joie, il n'osait plus parler de plaisir, il ne savait que faire pour continuer d'être aimé. Lui, il les aimait tous les jours davantage. Mais il avait connu la belle Simone, et plus rien n'était comme avant.

Ce fut bien pire quand la rumeur annonça qu'elle était enceinte de l'abbé Muche. Elle le confia à tous ceux qu'elle fréquentait, elle leur fit colporter la nouvelle, elle écrivit au maire, au député, au docteur, à l'évêque, elle allait accoucher, et l'abbé Muche était le père de son enfant. L'abbé fut convoqué par l'évêque. Celui-ci passait pour un esprit ouvert. Il comprenait l'évolution des prêtres, peut-être un jour se marieraient-ils, mais dans le moment un prêtre ne pouvait être papa sans manquer à sa mission. Il ordonna à l'abbé Muche de lui dire la vérité.

L'abbé Muche savait qu'il ne pouvait être le papa. Mais il était le seul à le savoir. Et cet enfant ne devait pas rester sans père. L'abbé Muche avait accueilli la belle Simone, elle l'avait servi, bien servi, il l'avait parfois regardée, il l'avait trouvée belle, il ne pouvait imaginer qu'elle accouchât d'un enfant sans père, d'un enfant malheureux. L'abbé Muche n'avait pas connu son père, et il savait le mal qu'il avait reçu de cette absence. « Je serai le père de cet enfant », dit-il à l'évêque. Il le fut.

Il fut prié de délaisser son sacerdoce, mais autorisé à conserver sa soutane. Il dut vendre sa maison dans le village, en acheter une autre, presque la même, dans un hameau, de l'autre côté de la forêt. Il se mit à s'occuper des bêtes, à recueillir les animaux malades, les chiens, les chats, et puis les lapins, et puis les moutons. Sa maison était envahie d'animaux auxquels il consacrait maintenant tout son temps. Il les nourrissait, il les cajolait, il veillait à ce que rien ne les attristât.

L'abbé Muche a reconnu l'enfant. Il verse à la belle Simone une pension convenable, les deux tiers de la rente que lui avait laissée sa mère, mais la belle Simone souhaiterait qu'il fasse un meilleur effort. Elle continue de se donner à qui la veut, elle se vend parfois, pour élever son garçon, car il a presque quatre ans et il commence à coûter cher. Un soir, fatigué par la vie, trop seul, l'abbé Muche a écrit à la belle Simone pour lui dire qu'il pensait à elle, et qu'il aimerait rencontrer cet enfant, juste le rencontrer, et s'il se pouvait l'embrasser. Elle ne lui a pas répondu. Mais elle dit, dans le village, que l'abbé Muche n'est pas le vrai père de son enfant, que c'est un autre, très riche, un Parisien en vacances, qu'elle en a conservé la preuve, et qu'elle va bientôt passer à l'action. C'est que ses seins se rident, ses fesses se sont alourdies. Son garçon ira bientôt à l'école, et l'abbé Muche vieillit trop vite.

Il ne va plus au village. Le prêtre qui l'a remplacé a refusé de lui parler. On voit parfois l'abbé Muche, toujours dans sa soutane, qui marche à travers les champs. Quand la pluie se fait très forte, il vient jusqu'au bord du village, il s'assied sur un banc. Il regarde pleurer les arbres. Il voudrait rencontrer quelqu'un à qui il pourrait faire un peu plaisir, un enfant perdu, un chien abandonné, un lapin affolé. Mais il ne trouve personne. Il s'en va, guettant un signe de quelqu'un, n'importe quoi, un signe qui ne viendra pas.

L'abbé Muche vit, dit-on, dans la montagne que l'on voit, au loin, barrant l'horizon. Les uns racontent qu'il s'est fait une maison de trois arbres morts, et qu'il y habite, sans jamais bouger, au milieu des photos de la belle Simone. D'autres prétendent qu'on l'a aperçu dans une clairière, en compagnie d'une jeune dame venue de la ville, qu'il la caressait d'une main et que, de l'autre, il lui donnait la communion. Quelques-uns disent qu'il est devenu fou, qu'il se prend pour le Christ et qu'on peut le voir, la nuit, sur un sentier de montagne, la tête couronnée d'épines, portant sa croix. Le fils de l'abbé Muche est décidément le meilleur à l'école, mais de son père on ne sait plus rien. Au village, la plupart l'ont oublié. On en parle encore quelquefois, à l'église, au café. On commence à l'excuser. Au fond, l'abbé Muche était un brave homme, pas fait du tout pour son métier. Ce sont des enfants, jouant dans la forêt, qui l'ont retrouvé, par hasard, pendu à un chêne.

TABLE

CET OUVRAGE
A ÉTÉ ACHEVÉ D'IMPRIMER
SUR ROTO-PAGE
PAR L'IMPRIMERIE FLOCH A MAYENNE
EN AOÛT 1994

N° d'impression : 36197.
N° d'édition : 7381-0264-1.
Dépôt légal : août 1994.
Imprimé en France